沈黙の声

遠藤周作

沈黙の声

目次

装幀・本文デザイン――――岩瀬 聡
カバー写真――――ミケランジェロ作 最後の審判（部分・最後のトランペット）
ローマ ヴァティカン システィーナ礼拝堂壁画
1540年／フレスコ 提供 アフロ

沈黙の声

『沈黙』を発表したのは昭和四十一年だったが、その前の二年間ほど私は入院生活を送っていた。

病院のベッドに毎日を暮らしていると、いろいろなことを考える。

私は少年のときにキリスト教の洗礼を受けさせられていたので、当然のことながら、西洋の宗教を信じるようになった日本人たち、また彼らを祖先に持った人びとについても考えた。

そのことを戦国時代の切支丹たちのなかに探ってみたいとおもい、療養中、切支丹関係の本を手に入れては勉強をつづけていた。しかしそれを小説にしようという気持は、そのときの私にはまだ沸いていなかった。

病気が回復した私は、まず、

「明るいところへ行ってみたい」

と思った。

そして長崎へ出かけたのだが、そのときは気軽な観光旅行のつもりであった。初夏の夕暮、大浦天主堂の右の坂道をのぼっていくと、やがて「十六番館」と書かれた建物のまえに私は出た。観光客で賑わう天主堂のほうへは戻る気がしなかったから、時間をつぶすつもりでその木造西洋館に入ったのだが、そこで私は一枚の銅版の踏絵に出会ったのである。

それはピエタ――十字架からおろされた基督《キリスト》を抱きかかえるようにした歎きの聖母像を銅版にして、木の枠のなかにはめこんだ踏絵だった。

踏絵を見たのはそのときが初めてではなかったが、銅版を囲む木枠の部分には、それを踏んだ人間の足指の痕《あと》らしいものが残っていた。私はしばらく立ち止まって、黒い痕を見つめていた。

長崎で見たときにはなんでもなかった踏絵が私の心にかかりだしたのは、東京へ帰ってきてからだった。道を歩いているときや仕事をしているとき、ふと、木枠に残った黒い足の痕が胸に浮かんできた。それは一人の人間がつけたものではなく、たくさんの人間によってつけられた黒い痕にちがいなかった。

あの黒い足指の痕を残した人びとはどういう人だったのか――と誰もが考えるように、私も考えた。自分の信ずるものを自分の足で踏んだとき、いったい彼らはどういう心情だったのだろう。

私は戦争中に育った人間である。当然、自分の信念や思想を棄てて戦争のなかに死んでいかなければならなかった人間を数多く見ていた。学校の先生のなかにも、先輩のなかにもそういう人間はたくさんいた。

つまり、人間が肉体的な暴力によって自分の信念や思想をたやすく曲げていったケースを私は目のあたりにしていたのである。

その時代は、人間が自分で自分を信用していない時代であった。他人も信用しなければ、自分自身も信用しない。

だから踏絵に足をかけていった人びとの話は、私にとってけっして遠い話ではなかった。むしろ切実な問題だった。〈信仰〉などと言うと縁遠い話になるのなら、〈自分の生き方や思想・信念を暴力によって歪められざるをえなかった人間の気持〉と考えてみればどうだろう。誰にでも痛いほどに分かる問題のはずだった。踏絵の足指の痕は、他人事ではない。

それが、私を小説へのスタート地点に立たせたのである。

私はそれからは、たびたび長崎を訪れた。

そして徐々に私のなかで小説のカメラアイズが決まりはじめ、同時に対象との距離も定まっていった。

いわば小説を書く第一歩目の作業がなされていったのである。

フェレイラに辿りつくまで

小説を書くとき現地へ取材に行くのは、なにも私に限ったことではない。

一つだけ言えるのは、私は〈自然描写〉が非常に好きな男で、自分の小説に登場させる人物が実際に見た山や川や海、そしてたとえば風の音といったものを追体験したい――その想いが強いことである。それを体験するのとしないのとでは、書くときの自信が違ってくる。

私の取材は事実を集めるのが目的ではない。事実はとっくに調べてあり、頭のなかに入っている。私がその土地に求めるのは、私の主人公たちがかつてそこで嗅いだ空気や、耳にした風の音、眼にした陽の光、そして風景なのである。

それを自分の心で確かめ、

「彼はこの風の音をこう聴いただろう」

「この海をこう見たはずだ」

と想像する。

そのことが小説を書くときの自信につながっていく。

長崎を再訪するようになって、私のなかの主人公たちはしだいにその姿をハッキリさせはじめた。

選ぶべき主人公は二つの世界のうちのどちらかの人間だった。つまり、自分の信念を曲げずに踏絵に足をかけなかった人間か、あるいは心ならずも自分の信ずるものを踏んでしまった人間――。

踏絵に足をかけなかった人間は、やがて拷問にかけられ、死んでいった。彼らは〈強い人びと〉だった。

しかし一方で、心ならずも踏絵に足をかけていった〈弱い人びと〉もいたのである。

おそらく誰だって踏みたいとは思わなかったにちがいない。

聖母マリアに足をかける――そう考えることが実感をともなわぬのなら、自分の母親や恋人の顔を踏めと言われた人間について想像してみればいい。踏みたいと思う人間など一人もいないはずだ。

しかし踏まなければ拷問にかけられ、あるいは家族を殺される。そうなれば心ならずも踏んでいく人びとがいることを、少なくとも戦争という時代に育った私は知っていた。

私がまず考えたのは、人間をこのような強者と弱者に分けるなら自分はいったいどちら側に属すか、ということだった。

小説家は〈自分でない人間〉を書くわけにはいかないから、当然、

「自分の臍《へそ》の緒とつながっているのはどちらか」

と考える。

戦争中のことを検証してみても、私のまわりに生きた人間はほとんどが後者――つまり弱者だった。最後まで強者でありつづけた日本人は、私のまわりには一人もいな

かった。それが、自分の小説の主人公に〈弱者〉を選ばせた理由である。〈強者〉と〈弱者〉について、かつて私はこう書いている。

《こうして第二回目の長崎への旅の時は、私にもこの街に向きあう視点が幾分かはできあがっていた。その視点とは言うまでもなく（略）強者と弱者との問題だった。自分の信念と信仰とをどんな迫害や責苦にたいしても守りつづけて死んでいった強い人――それは普通、殉教者とよばれる。そして彼等がその信念や信仰に支えられて、魂を主の御腕にゆだねた栄光の場所は殉教の地である。

私が長崎にふたたび訪れた時はトランクのなかにも切支丹に関する本をぎっしり入れるぐらいにはなっていた。地図と首っぴきで、私は長崎やその周辺にある殉教の地を調べたがそれは数えきれぬぐらい無数にあった。

飛行機をおりた大村では放虎原《ほうこんばる》、鷹島《たかしま》、郡《こおり》がそうである。ここ長崎では有名な二十六聖人が処刑された西坂がそうである。その付近にも高鉾島《たかぼこじま》、諫早《いさはや》などがそうである。風頭山の宿からは西坂の丘は右に見おろせる。今はその丘は長崎市内になっているが、かつてはここは海に突き出た岬だったのである。

二十六殉教者については外国は勿論、日本でも沢山の本が書かれている。当時は既に基督教を保護した織田信長は死に、秀吉の治世だったが秀吉は天正十五年（一五八七）に周知のように切支丹禁令を出し、宣教師の追放を命じていた。しかし、ポルトガル人を主体とするイエズス会では秀吉を刺激しない形で布教を続け、日本全土には約三十万人の信徒がいたと伝えられている。

ところが一五九六年、つまり慶長元年に秀吉は突如、京都、大阪にいる宣教師と信者との処刑命令を出した。秀吉がこの時、なぜこの命令を出したか、学者たちの間でも謎となっている。

最初、捕縛リストに載ったのは多数の人たちだったが、石田三成はこれを緩和して、秀吉の面目を保てる最小限の二十三人を選んだ。即ち聖フランシスコ会に属する宣教師、修道士六名と、その指導下にある信者十四名、その他イエズス会に関係している日本人三名だった。ところが引きまわしの道中にこのなかに更に二名が加えられ、また自分から進んで捕らえられた十二歳の少年があり、その数は計二十六人になったのである。

彼等は一五九七年、慶長二年に京都の辻で左の耳を少し切り取られた後、後手にしばられ、荷車に乗せられて京都、伏見、大阪と引きまわされた。見物する沿道の人の涙を誘ったのは、なかに十二、三歳の少年、三人がまじっていたことだった。十二歳のルドビコ茨木、これはやはり同じく捕縛されたパプチスタ神父の経営する京都の病院で働いていた子供である。十四歳のトマス小崎は貧しい弓矢師の息子で、父と共にやはり捕らえられたのだった。そして十三歳のアントニオは父は中国人、母は日本人でパプチスタ神父に引きとられ、勉強のため京都に来ていたのだった。アントニオは父母から切支丹の教えを捨ててくれと言われたがどうしても首を縦にふらなかった。

ルドビコ茨木も後に死刑執行役の寺沢から教えを捨てれば武士にしようと誘われたが、

これを断った。

二月四日、彼等は彼杵《そのぎ》に渡り、時津に上陸した後、浦上の癩病院に入れられた。そして翌、五日に、この西坂の刑場に連れていかれたのである。

（略）今日ではただ台地になっている西坂公園はその頃、海に面した岬だった。もと、このあたりは刑場だったし、はじめはその普通刑場で二十六名処刑ときめられていたのを、ポルトガル人たちが奉行所に願い出て、現在の位置に変えてもらったという。

縛《くく》られる十字架は三歩から四歩の間隔で東から西に一列に並んでいた。彼等はその十字架に両手をひろげ、あるいは聖歌を歌い、あるいは人々に神の道を説きながら、刑吏がその脇腹めがけて突き刺す槍をうけた。息たえる時「天国《ハライソ》」という言葉を叫ぶものもあった。六番目の十字架にくくられた日本人修道士、三木ポウロは三好長慶幕下の武将、三木半太夫の子で安土神学校、第一回の入学生であり、彼は死の直前まで人々に説教しつづけた。「私は私の処刑に関係した人々を少しも恨みませぬ。ただ一日も早く、太閤様をはじめ、日本人全部が切支丹になられることを望むものです」それが彼の結びの言葉になった。

二十六人の殉教者たちは文字通り、教えに殉じた人たちである。肉体の苦痛、死の恐怖、肉親への愛着、現世への執着、それらも彼等の不屈な信念を決して覆えしはしなかった。彼等は信仰の力と神の恩寵に支えられながら燃えるような勇気で胸を焦がしつつ、おのが魂を天国の栄光に返したのである。

はじめて、この西坂の丘にのぼった時はちょうど黒い雨雲がちぎれちぎれに、向うの湾の上を流れている夕暮だった。その雨雲を見つめながら、私はながい間、丘が自分に引っかけてくるもの――これら信念の人のことを考えた。この丘に二十六の十字架がたてられ、群衆がそれをとりかこみ、やがて役人たちの指図でその二十六の十字架に火がつけられた静寂そのものの瞬間を思いうかべた。人々が押し黙り、それぞれ畏怖や尊敬や侮蔑の念をもってこの殉教者の最後を見とどけようとした瞬間である。

ある人たちにとってはそれはたんなる刺激的な血なまぐさい見世物としてしか心に

うつらなかったかもしれぬ。また別の者にはこの二十六人の殉教者は、わけのわからぬ狂気《ファナチズム》にかられた連中と思えたかもしれぬ。けれどもまた何人かの人たちには――たとえ彼等がこの基督教を信仰しなかったとしても――この凄惨な光景は心にいつまでも残り、その記憶は彼等の生涯に影響を与えたかもしれぬのである。

それらの何人かの人々にとって、この殉教者たちはおそらく羨望の対象にもなったことであろう。もし彼等が自分自身がこうした殉教の勇気をとても持てぬ弱虫だと思っていれば、尚更、そうだったにちがいないのだ。彼等は生涯、強者になれぬ弱者としてのコンプレックスを抱いたかもしれぬ。そしてそのコンプレックスはやがて彼等の生き方の上でどのような影響を及ぼしたのであろうか。

雨の西坂公園にたちながら、私がこのようなことを考えたのは、要するに自分が殉教者になりえぬ人間たちをふり棄てることができなかったからである。しかしまた、こうした殉教者をたんにファナチックな人間として見たり、殉教者の心理のなかに虚栄心か、自己満足しか認めようとしない近代合理主義に反撥を感じていた。たしかにこれら殉教者の心には人間的虚栄心もまじっていたかもしれぬ。自己満足感もあったかもしれぬ。しかしそうした表面的な心のもっと奥に、信仰をもたぬものには理解できぬかもしれぬが、崇高な別のものがあったことも確かなのである。その崇高な勇気を人間的な次元に還元する現代の人間観に私はやはり、反撥をおぼえたのである。

けれども私はこうした強かった殉教者に畏敬と憧れとをもちながら、またこの強者になりえなかった転び者、裏切者を考えた。転び者、裏切者の殉教者にたいする言いようのないコンプレックスについて考えた。そのコンプレックスのなかには私と同じような羨望と嫉妬と時にはまた憎悪さえまじっていたであろう。殉教できなかった者のなかには生涯その負い目を背中に重く背負いながら、生きていった者もあろう。彼等はたとえ社会から軽蔑されなくても、自分では自分を軽蔑せざるをえなかった筈である。

だがこれは表面的な粗雑な観察だろうと私は思った。弱者の心理はもっと複雑でもっと翳のあるものである。

いずれにしろはじめて西坂の公園にのぼったあの雨の日、私はその丘にたって強い者と弱い者とのそれぞれを思った。そしてそれは私にとって、やがて書くであろう小説の視点——カメラアイズをきめる問題に発展していった。》(『一枚の踏絵から』より)

切支丹時代に自分の関心の足がかりを向けた私は、しかしまもなく或る失望を味わなければならなかった。

殉教者になれなかった人間、つまり自分の弱さから棄教していった人びとについての記録など、どこの教会にも残っていなかったのである。信念を貫きとおした強者の記録は残されているものの、転んでいった者——いわば〈腐った林檎〉については、当時の教会はほとんど触れていない。ちょうど学校が落第生の記録を残さないのと同じである。

そこで私は上智大学の名高い切支丹学者・チースリック先生を訪ねた。友人の三浦朱門が付き合ってくれ、週に一回ずつ講義を受けに出かけた。そしてほんのわずかだったが、切支丹時代の記録に残された代表的な弱者を知ることができたのである。

そのなかから私は自分が小説に書きたいと思う人物を絞り、大学ノートへ十枚ほど書き留めることができた。その人物とは、ファビアン不干斎、トマス荒木、クリストヴァン・フェレイラ（沢野忠庵）、ジョゼフ・キャラ（岡本三右衛門）の四人である。

私は再び長崎を訪れた。すると、対象となる人物がさらに絞られていった。それとともに自分が訪れるべき場所も決まっていった。その場所に立ち、風景のなかで海や空を見ていると、具体的なイメージが浮かびあがってくる。

古い長崎の道を歩きながら、

「ここを彼も通った」

と確認できると、そのうしろ姿や肩の落とし方までが見えてくるものだ。その人物が私の心のなかで生きはじめる。作中人物のイメージが私の心にキャッチされる。こうして小説を書く第二段階がはじまっていった。

前述したように、チースリック先生のもとでの勉強で私が選びだすことのできた弱者は四人だった。天正少年使節として海をわたり、華々しい帰国をしたトマス荒木。彼はコレジヨ・ロマーノ（現在のグレゴリアン大学）で学び、ラテン語もすばらしく出来て当時の枢機卿から可愛がられたが、帰国後に転んでいるのである。もうひとりのファビアン不干斎は、長崎のコレジヨで神学を勉強したあとイルマン（修道士）となり、『平家物語』のローマ字訳や、キリスト教の立場から仏教や儒教、神道を批判した書物も著したりしたインテリだったが、やはりのちに転び、しかしそのはっきりした理由は分かっていない。

それらの人物を洗いなおしていくうちに、最後に残ったのがクリストヴァン・フェレイラだった。彼は沢野忠庵という日本名をつけられ、死刑囚の女房子供を押しつけられた哀れな宣教師である。この人物に関する資料が、ほかの人物たちよりわずか三、四行だけ多かったのである。

しかし「なぜその人物を主人公に選んだのか」と問われれば、

「小説家の勘のようなもの」

と答えるより仕方がない。

自分を投影しやすい人物を小説家は直観的に分かるものなのである。

クリストヴァン・フェレイラという人物について、それまで私がまったく知らなかったわけではない。なぜなら長与善郎の小説『青銅の基督』（大正十二年）に、転び伴天連フェレイラは登場している。

だから本当を言えば、

「先輩作家がつかまえてきた人物だから、できれば避けたい」

という気持は強かったのだが、ありがたいことに『青銅の基督』はそれほどの名作ではなかった。もし名作であったら、私はフェレイラという人物に手を出さなかったろうと思う。

私は日本の切支丹小説のなかでもっとも素晴らしい作品を残しているのは芥川龍之

介だと思っている。のちの大正時代の、たとえば北原白秋の詩を見ても、切支丹に関する私の問題とはまったく関わりのないところで関心を持っていた。さすがに芥川龍之介は重大な問題を取り上げて一段と光を放っていたが、ほかの先輩作家たちに「自分と切支丹時代を対決させよう」という気持はほとんど見えなかった。

そんなこともあって、フェレイラを避けたいという気持を持ちながらも、私は結局彼を取り上げることにしたのである。

さらに付け加えれば、フェレイラという男をめぐるドラマ性があった。

彼は波濤万里を越えて日本へやってきて、やがて消息を断ってしまう。そのフェレイラを探しに、ジョゼフ・キャラ（日本名・岡本三右衛門。『沈黙』に登場するロドリゴのモデル）が海を越えてやってくるのである。フェレイラが転んだという噂は、当時、マニラにまで流れていたが、司祭や修道士たちのなかにはそれを否定する者も多かったのは事実である。

「有徳の神父であるフェレイラが棄教などするはずがない」

彼らはそう信じ、それを確認するために日本へやってきた。何人かの若い神父たちが日本へ派遣されていたのである。ジョゼフ・キャラもその一人だったが、彼らは結局、全員捕えられ、処刑されるか棄教するかの道を取らされていく。

そのようなドラマの起伏がある点も、私にフェレイラを選ばせた理由だった。

実際、彼は非常に素晴らしい神父だった。切支丹迫害の時代、日本から逃げだしても一向に構わないにもかかわらず、彼は潜伏して布教しつづけた。そういう素晴らしい男が、最後には惨めな晩年を過ごさなければならなくなる――このドラマティックな生涯をふくめて、私のなかでいまやハッキリと彼に焦点が絞られていった。たとえばトマス荒木の場合には当時のヨーロッパの植民地主義に対する警戒心から信仰を棄てているが、フェレイラは違った。

彼は拷問に負けたというより、

「日本という風土に負けた」

と思っている。

クリストヴァン・フェレイラについて、かつて私はこう書いている。読者にわかっていただくために、以下少し長くなるが引用しておきたい。

《チースリック先生が私たちにフェレイラについて教えてくださったノートがまだ私の机の引出しに残っている。そのノートやその他の文献にしたがって私はおよそ知りえる限りのフェレイラの生涯をここに書いておこう。

クリストヴァン・フェレイラ（Christovão Ferreira）は一五八〇年（天正八年）にポルトガルのジブレイラで生れた。父はドミンゴ・フェレイラと言い、母はマリア・ロレンゾと言うことはわかっているが、その家の階級も職業も不明である。

十六歳の時、フェレイラはコインブラでイエズス会に入会した。そしてその翌年からカンボリーの修錬院で修錬を受けた。その後の彼について残っている記録は二十三歳の時、東洋のマカオの神学生だったことの証明書しかないが、そこから推定されることは恐らく二十一歳前後のころに、彼は他の神学生たちと共に、東洋布教を命ぜられリスボンを出発したのではないか、と言うことである。当時の東洋のマカオまでたどりつくには、少くとも二年の船旅を要しただろうから、私は彼の出発を二十一歳前後と考えるわけである。

彼がどの道をとって東洋にはいったかはわからないが、おそらくその後のポルトガル宣教師と同様、フェレイラもゴアに向かうインド艦隊に便乗したのであろう。彼は最初、インドの伝道を希望していたのである。スエズ運河のなかったこの時代、船はアフリカの喜望峰をまわってインド洋に出、そこからゴアに向かうのである。その旅が今日のわれわれには想像できないような苦難の連続であったことは疑いない。嵐が襲い、暑さや無風と戦い、渇きや病気で友人たちは倒れ――馴れぬ風土と食物、言語の不自由などを思いあわせる時、われわれは他の宣教師同様、フェレイラにこの辛苦をこえさせたものが何であったかを、やはり考えておかねばなるまい。冒険の精神、たしかにそれもあったろう。しかしそれだけではあるまい。もし、青年フェレイラにキリスト教を真理と考える信念とそれを布教したいという激しい情熱と、東洋人のため役に立ちたいという司祭の心がなければ、それらの苦難はたやすくは乗りこえられなかったはずだ。私がこれを強調するのは拷問のあと転んだフェレイラにも、その心が変形されて残っていたからである。

とまれ、一六〇三年、ゴアからマカオについたフェレイラはここで五年間、倫理学の神学生であった。司祭として叙品をうけ、初ミサをあげたのもこのマカオであった。中国語や日本語は、おそらくこのマカオで勉強したのであろう。東洋布教に大きな足跡を残したヴァリニャーノ師は一六〇三年、日本からマカオに戻ったから、フェレイラもまた、ヴァリニャーノ師と会ったことであろう。

一六〇九年（慶長十四年）、マカオから彼は布教の目的地日本に向かった。航路も到着地もわからぬが、おそらく九州、島原方面であったろう。海から日本の美しい島島ややさしい山が見えた時、この二十九歳の青年には、やがて繰り広げられる自分と日本との闘いがどんなに悽惨なものになるかは思いもしなかったにちがいない。やがて自分が、この日本という牢獄で生ける屍のような晩年を送るとは夢にも考えなかったにちがいない。

一六〇九年（慶長十四年）といえば家康の時代である。キリスト教は信長時代ほどは歓迎されてはいなかった。地方では迫害、殉教はあっても後の弾圧に比べればまだ幾分は大目に見られていたころである。フェレイラの上陸後、四年間の足跡はあきらかではないが、彼が比較的自由に九州や中国や上方を歩いたことは容易に想像できる。一六一三年（慶長十八年）には彼は京都の教会で会計を司り、院長を助け、主として日本の知識階級に教理を教えている。彼の日本語は流暢だった。

一六一四年（慶長十九年）秀忠はきびしい禁教令を発布した。本格的な弾圧がいよいよ始まったのである。高山右近や内藤如庵らのような元キリシタン大名は追放されるために長崎に護送された。宣教師たちも木鉢に集められ、十月六日と十月七日に彼らを乗せた船が、それぞれマカオとマニラとに向かって出発した。しかしこの追放令にもかかわらず、三十七名の司祭たちが日本信徒を捨て去らずに潜伏したのである。

そしてフェレイラもまた、その一人だったのである。

日本にとどまるということは、殉教の決意がなければできぬことである。フェレイラがその時、この決意を持たなかったと、どうして言えるだろうか。事実、彼は一六一七年の十月一日にイエズス会に終生誓願をたてている。その決心が本物であることはこの行為によっても明らかである。すでに上方地方の地区長という重要な職にあった彼は、一つの大きな支柱だったはずである。牧者を失いかけた信徒たちの支柱であり、潜伏した勇気ある司祭たちの支柱だったのだ。有名な『日本切支丹宗門史』を書いたレオン・パジェスは、当時、わが国に潜伏したイエズス会司祭二十二名、修道士六名の氏名をあげているが、その中にも、

「クリストノ・フェレイラ師、誓願司祭、管区長の顧問、忠告役」

という名がはっきりみえる。パジェスは、そのころのそれらパーデレの活動について次のように書いているのだ。

「上方では長老バルタザール・デ・トルレス、ブネディクチノ、フェルナンデス、ク

リストヴァン・フェレイラ、日本人ヤコブ小市の神父たちが伝道に当たっていたが、この政治の中心地では危険きわまりなく、避難所はなかなか得がたく、秘蹟《サクラメント》の管理は至難になった。同じ神父たちは丹波、摂津の国、及び四国を歴訪した」

姉崎博士は、こうした潜伏司祭たちが昼は信徒の家の床下にかくれ、夜は日本人農夫の野良着をきて布教や秘蹟を与えに活動したと書いておられたが、このころのフェレイラもまた、そうした生活をしていたにちがいない。彼はまた、自分のまわりで捕えられ、殉教していく信徒を目撃し、ひるむ者たちを励ましたにちがいない。一六二三年（元和九年）の有名な江戸大殉教について、報告書を書いたのもこのフェレイラだからである。あるいは一六三一年（寛永八年）の雲仙における切支丹拷問や石田神父たちの華々しい殉教について報告書を書いたのもこのフェレイラだからである。

「前の手紙で私は貴師に当地のキリスト教界の状態をお知らせした。ここで私は引きつづき、その後に起こったことをお知らせする。すべては新しい迫害、圧迫、辛苦につきるのである。一六二九年以来、信仰のために捕えられている五人の聖職者……から始めよう。長崎奉行の竹中采女は彼らを棄教させ、もってわれらの聖なる教えとそのしもべとを嘲笑しようとした。こうして信徒たちの勇気を挫き、彼らをその手本によって容易に棄教させようとした」

石田神父たちの殉教を知らせるこのフェレイラの手紙を読む時、われわれは言いようのない悲哀を感ぜざるをえない。彼が長崎奉行の竹中采女について書いた、「こうして信徒たちの勇気を挫き、彼らをその手本によって容易に棄教させようとした」という一節は、そのままその後の彼の運命を皮肉にも暗示しているからである。

彼は信仰に殉ずるこれら司祭や修道士たちを讃めたたえた。

「とうとう采女はいかにしても自分が勝てないことを悟った。これがわれわれの聖なる教えが大衆に賛仰されるようになり、信徒たちが勇気づけられ、暴君が先に計画し期待したこととと反対に、打負されるに至った戦いの赫々たる結末である」

一六二〇年（元和六年）パジェスによれば、フェレイラは上方から九州平戸にも出かけている。

「恩寵と稀代の才能に恵まれたフェレイラ神父は平戸に行った。彼は天使のごとく扱われ、千三百人の告解をきいた。彼は夜、浜辺を歩きながら、霊魂の務めを行った」

われわれはこのパジェスの最後の言葉――真暗な平戸の夜、波の打ち寄せる音、その浜辺で歩きながら祈ったというフェレイラの姿に、ある聖者の美しいイメージを連想させる。だがそれが美しいだけに、言いようのない悲劇を予想させるのである。もしパジェスのこの記録が正解ならば、その姿を見た信徒たちの誰が、十三年後におけるこの「天使のごとき」人の裏切りと棄教と挫折を思ったであろうか。そして、夜の浜辺で祈ったフェレイラ自身にも、未来はもちろん、予想しえなかったのである。

この平戸旅行が一時的で、その後、彼がふたたび上方に戻ったのか、それとも長崎地方に残ったのかはわからない。わかっていることは、彼は寛永三年（一六二六）、長崎において管区長の顧問をしていることである。

しかし、悲劇は少しずつ迫っていた。彼の日本滞在はすでに二十三年をこえ、その名は信徒たちに口々に囁かれ、たとえこのフェレイラが捕えられるようなことがあっても、あの人がとげるのは殉教であることを皆は信じていた。

寛永十年（一六三三）、時の宗門奉行は井上筑後守である。この井上筑後守に長崎に潜伏していたフェレイラは遂に捕えられた。

捕えられて、いわゆる拷問まで筑後守がこのフェレイラにどのような問答や訊問をしたのかもちろんわかっていない。だが筑後守は元来、肉体的拷問を下策と考えていたインテリであり、できるかぎり、宣教師や信徒を理論的に説得することを上策と考えていた奉行だった。

「拷問を頼みにいたし好む事悪く候。奉行骨を折り候とも、切々穿鑿《せんさく》いたし、細《こまか》に口書を申付、色々思案いたし、手を廻し、さぐり尋ぬること然るべき由、或は宗門をかくし、又は類門白状いたさざる時、詮方つきたるとき噯問仕るべき事」

これは筑後守と後任者北条安房守とが残した文書の一節であるが、これによっても、筑後守がフェレイラに拷問をかけざるをえなかった経緯がほぼ想像できる。筑後守はこの文書の最後にあるように、いかなる説得もフェレイラの信仰心をゆるがすことができなかったゆえに、詮方つきて拷問にかけたのである。

パジェスによればそれは一六三三年十月十八日だった。

「長崎でイエズス会の管区長ポルトガル人、クリストファ・フェレイラ神父とイエズス会の日本人神父ジェリアノ・デ・中浦が穴の中に入れられた。またシシリヤ人でイエズス会のヨハネ・マテオ・アダミ神父、イエズス会のポルトガル人、アントニオ・デ・ソーザ神父。聖ドミニコ会の修道者、イスパニヤ人フライ・ルカス・デル・エスピリット・サント神父、イエズス会の日本人ペトロ修道士とマテオ修士、聖ドミニコ会の日本人フランシスコ修士が穴に吊るされた」

「拷問五時間後、二十三年の勇敢な働き、改宗の無数の果実、迫害と障害とを聖者のように耐えしのぶことによって確固としていたフェレイラ神父は哀れにも棄教した」

パジェスの文中、「穴に吊るされた」というのはもちろん、井上筑後守が最後的手段としてとった穴吊りのことである。汚物を入れた穴の中に、体を縛って逆さに入れる。血が頭に逆流して、その苦痛は始めはゆるやかに、徐々に度をまし最後は言語に絶するものとなる。

筑後守がこの拷問を採り入れたのは、従来の拷問が短時間に多くの苦痛を与えすぎて、信徒や宣教師をすみやかに殉教に至らしめ、その英雄的な死が、それに立ち合う役人にまでに感動を与えたからであろう。穴吊りならば長時間、その苦痛は続く。彼らの意識は混乱し、芋虫のようにのたうちまわり、もはやそこには殉教の英雄的美しさはない。みにくい苦痛と長時間の闘いが繰り広げられる。井上筑後守はそういう心理的な点の信徒たちに及ぼす影響を計算する能吏だったのである。

「五時間後」、混乱した意識のためにフェレイラは理性を失いつつあった。この瞬間ほど人の一生の中で怖ろしい瞬間はない。フェレイラは二十数年前、アフリカの南端を渡り、嵐や病気や飢渇に耐えながら日本に渡った理想の時代を今、失おうとしている。多くの日本人に布教し洗礼を与え、説教をした輝かしい時代を今、失おうとしている。迫害下にあってなお日本に潜伏し、皆を励まし、平戸の浜で祈った勇ましい時代を失おうとしている。そして彼はその瞬間、それら全てを失ったのである。

穴からふたたび出されたフェレイラはもはや五時間前のフェレイラではなかった。勇気ある宣教師フェレイラではなく、裏切り者と弱者のフェレイラであった。

チースリック師によれば、フェレイラが穴吊りの刑にあった時、オランダ船が日本を出航し、彼らによってフェレイラ殉教の報告が海外に流れたという。しかし一六三六年、その報告が事実でないことは判明し、彼はイエズス会を正式に追放されてしまった。

この十月以後のフェレイラの生活については始めに書いたように、われわれはほとんど知ることはできない。確実なことは、彼が日本人死刑囚、沢野某とその妻子とを押しつけられ、その名も沢野忠庵（中庵ともいう）を名乗って、幕府の通詞を勤めたことである。自分を迫害したものの手先となったことである。

パジェスによると、一六三九年（寛永十六年）イエズス会のカスイ神父が捕えられ、前後して捕縛された式見神父、ポルロ神父とともに江戸に移送され、五月か六月に評定所に出た所、フェレイラがそこに列席し、棄教をすすめたという。もしそれが事実ならば沢野忠庵ことフェレイラは長崎と江戸とを棄教後たびたび往復して、その後、捕えられた宣教師たちの取り調べの通訳をさせられたと考えられる。「日本人カスイ神父が白洲で不幸なフェレイラに引き会わされたのであった。そしてカスイ神父はそのフェレイラを臆せず非難した。フェレイラは白洲から姿をかくした」

長崎の『オランダ商館日記』をひもといていると、時おり、フェレイラの名をそこに見つけることがある。その中に次のような記事がある。

「一六四一年（寛永十八年）六月二十九日。奉行、平右門殿は通詞八左衛門を通して最近入港の支那船で発見した貨幣を見せ、何国の貨幣か、そこに書かれた文字は何か、価格を質問されたので、われわれはそれがオランダの通貨であることを書記に日本文で報告させた。奉行は背教者忠庵に同じ質問をしたところ、われらの答えと一致したので、捕縛した支那人を釈放した」

この『商館日記』ではフェレイラのことを時おり「背教者ジュアン」と書いていることに私は注目している。

「一六四三年（寛永二十年）三月十七日。リスボン生まれのクリストヴァン・ヘレラという四日間吊るされた後、棄教して今長崎に住みジュアンと称している男や、また、宣教師の下僕であった者の訴えにより、二十二年前に埋葬されたパーデレの遺骸を発掘し、焼いて海中に投じた」

このジュアンはもちろん、忠庵という名をオランダ商館の駐在員たちが聞きあやまったのであろうが、このジュアンは前記のほか一六四三年の日記には四回、一六四四年と一六五〇年の日記にはそれぞれ一回ずつ出てくるのである。

「一六四三年（寛永二十年）七月二十五日。最近捕えられたパーデレたちが幕府によって近くわれらの通詞二名、ならびに背教者ジュアンとともに江戸に送られることになった」

「一六四三年十一月二十四日。通詞小兵衛殿の話によれば去る七月、江戸に送られたポルトガル人たちは数回の拷問を受けた後、棄教し、現在、囚人で行動の自由はないが、生涯各月、米五俵、年一貫を支給され、背教者ジュアンのように長崎で勤務することになった」

「一六四四年（寛永二十一年十一月）。朝鮮に近い対馬から急使が来て同地に着いた支那ジャンク一隻を抑留したが乗組員五十二人中にパーデレがおり、支那人の大部分はキリシタンと信じられると報告した。……奉行権八殿は正午ごろ出発、通詞全員が遠くまで見送った。その間に大目付、井上筑後守の執事イマジナ殿が目付として十月二十四日到着、会談のため来訪されたが通詞不在のため果物、菓子、葡萄酒を供して、背教者ジュアンが来るのを待った」

そして、最後の一六五〇年（慶安三年）の日記はフェレイラの死を報じたものである。

「一六五〇年十一月六日、これまで四十年の間当所にとめおかれ、われらがジュアンと称えたイエズス会のパーデレ背教者ジュアンが昨日、この世を去ったことを聞いた」

松田毅一博士によれば、日本側の記録とこの『オランダ商館日記』によるフェレイラの死は二日の差があるようである。しかしそれはともかくとして、このわずかな材料からも、ベールを通した沢野忠庵の長崎や江戸における生き方をどうやら想像できるのである。そして彼がこうした生活を送りながら、どんなに苦しんだか、どんなに絶望感にもだえたか、時には自暴自棄や運命にたいする憎しみにかられたかを記載した文書はわれわれの手もとにない。しかしパジェスによれば、フェレイラの死は病死ではなく、こうした生活からふたたび自分がかつて棄てた信仰に復帰するための再殉教だったという。

「クリストヴァン・フェレイラは二十五年後にその立ち返りと殉教とによって、イエズスの教会と彼が属したイエズス会とを慰めた。フェレイラ神父は当時、五十四歳でイエズス会にあること三十七年であった」

このパジェスは幾つかの点で間違っている。第一にフェレイラが死んだのは五十四歳ではなく七十歳をすぎていた。また彼がイエズス会に属したのは四十年間である。しかしフェレイラがふたたび自ら進んで殉教しようとした点については、松田博士の

『忠実のフェレイラ』によれば、かなり海外では流布されたらしい。

「一六五三年（から翌年にかけて）長崎を出た四艘の支那船が印度支那のトンキンに着き、そこに住む現地名パウロ・ダ・バタなる日本人にフェレイラが再びキリスト教信仰を告白し処刑された報告をもたらした。日本管区巡察師 P. Onofre Borges はバタを訪ねてこの重大情報に接し、マリノー師は一六五四年七月三十一日付で之をローマに報じた。その年末の季節風で、二艘の支那船が長崎からトンキンに着き、船長は同様の報告をバタに伝えた。……バタはトンキン政庁の司祭たちに報じ、その一人、ジュゼッペ・アグネスは一六五五年五月六日付で、フェレイラの殉教をセレベスのマカッサル駐在の同僚マテロ・サッカノに報じた。……それらの内容を要約すると次のごとくである。〝フェレイラはすでに老齢で、数年来、病床に臥していた。彼らは自らの神を裏切ったことに痛心の余り、大声で胸中を明かした。これはただちに奉行所の士卒に報ぜられ、士卒らは忠庵を訊問した。忠庵は率直に悲痛な心境を告げ、基督教信仰を告白した。士卒らは彼を揶揄し侮辱したがフェレイラの聞き入れるところとならず、奉行に報告した。調査が行なわれ、奉行は市民の騒ぎとならぬように秘かにフェレイラを処刑することとした。士卒がこの報告をフェレイラのもとにもたらしたところ、彼は泰然自若としていたので穴吊り場へ引き出した。多数の日本人と支那人とが奉行所の意図に反して処刑に居合わせる間、フェレイラは再び逆吊りとなり絶命した〟」

しかしこれらの情報は松田博士も言われるように、『オランダ商館日記』に比べると史料的価値が乏しい。私としてはフェレイラはやはり殉教したのではなく、長く病床についたのちに死んだと考えている。

フェレイラが生存中、このように宣教師取り調べの際の通詞の役を命ぜられたことはすでに書いたとおりであるが、今一つ、忘れてはならぬことだが転んでから三年目の寛永十三年（一六三六）にフェレイラは自分の棄教を内外にあきらかにする『顕偽録』を書かされたのである。それはキリスト教の偽りを顕かにする本であり、三年前まで自分がそれによって生きていたものを全否定する書物であった。

もちろん、それは奉行側の命令もしくは強制によるものであり、フェレイラの自発的行為ではなかったろう。そのことはこの本を読むと、キリスト教についての紹介も反駁の内容もあまりに幼稚素朴であり、とてもイエズス会の神学教育をうけたフェレイラの自筆によるものではないと思われるからである。それは、姉崎博士が想像されるように、「奉行所の指図で何人か儒者をしてキリシタンの教理を忠庵に問いつつ、その破折を書かしめ、而してそれを忠庵にみせた……」

というから両者の合作だったかもしれない。

しかし、その『顕偽録』のある節にはこの背教者の呪詛の声が聞こえるような部分がある。

「天地の作者、万像の主、智慧の源に在さば世界の人間、悉く何ぞ其を知るやうに作《な》し給はざるや。……慈悲の源ならば何ぞ人間の八苦、天人の五衰、三界無安の苦界に作り給ふや」

その一節をたとえ自分が書いたのではないにせよ、供述者から読みきかされた時、

フェレイラの心に、拷問や処刑を耐えねばならなかった多くの日本キリシタンの面影がかすめなかったろうか。さらに、

「鬼利志端にも『ペレデスチナト』（とは後生のために撰《えら》びいだす心なり）とは無始無終、よりデウス撰び出し、扶《たす》かり、同じ宗旨にもレホロポ（とは後生のため嫌はれたる心なり）とて、相残る者は地獄に落る也との教なり。是、慈悲の源と言ふべきや」

という部分は、棄教後のフェレイラの哀しみをそのまま語っているようである。救いを神によって予定された者と、地獄に落ちるべく運命づけられた者との区別を（カトリックだったフェレイラが、まるでプロテスタントのごとく）、認めているのは、自分を「運命論者」（Reprovado）だと考えたからであろうか。

『顕偽録』がフェレイラの自発的著述でなかったにせよ、彼がそれを自分の筆として認めた時、彼はもう、なるようになれという自暴自棄の気持だったのだろうか。

しかし「某《それがし》、南蛮の僻地に生れ……若年之時より鬼利志端宗旨の教をのみ業として竟《つひ》に出家を遂げ、長じて此道を日本に弘めんことを思ふ志深くして数千万里を遠しと

せず、日域に至り、此法を万民に教へんがため、多年の間、飢寒の労苦をいとはず山野に形をかくし、身命を惜まず、制法を怖れず東漂西泊して此法を弘む」という冒頭の言葉には、言いようのない彼の悲しみがにじみでているように思われる。

転んだ後にもフェレイラには、人々に役にたとうとする司祭的な心理が残っていた。彼が日本人のために天文学と医学とを教えたのは、おそらくその心理のあらわれだろう。彼の医学的知識、天文学的知識はもちろん当時のイエズス会司祭が布教の必要上、修得したものを出ていなかったであろうが、それでも日本人に貢献するところは大きかった。医学的には門下に杉本忠庵、西玄甫などが生れたが、井上筑後守の命で天文学書『乾坤弁説』の翻訳にあたり、自身も筑後守の臣に天文幾何を講じ、オランダ・キャピタンに凸レンズや望遠鏡のあっせんを依頼しているのである。

フェレイラが一六五〇年十一月に長崎で死んだことは、長崎オランダ商館の日記に記載されているが、彼の墓は長崎晧台寺にあったことは確かである。

しかし、その後、その墓はフェレイラの娘婿に当たる杉本忠庵によって品川東海寺

に移され、さらに、最近、杉本家の子孫、杉本金馬氏の話によると谷中に移されたとのことである。》(『一枚の踏絵から』より)

登場人物と私との関係

小説家は、自分のなかのいろいろな人格をそれぞれ独立させて、それを作中人物として描いていく。『沈黙』について言えば、フェレイラもキチジローもロドリゴも私であり、井上筑後守も私なのである。つまり私のなかで共存しているものを作中人物として独立させて描いていく。当然ながら登場人物同士の関連性は強い。

長崎の街を私が歩きはじめたとき、それらの登場人物たちはまだ名前を持たなかった。しかしつねに彼らは私の心のなかで互いに問答をしていた。その問答している一人一人を具体的な人物に描くのが小説という作業である。

ほかの小説家の場合もおそらく同じで、「他人を書く」のはよほどの才能のある小説家でないかぎり出来るものではない。自分とはまったく違う他人を書くなど不可能に近いと私は思っている。

ところでロドリゴのモデルにしたジョゼフ・キャラについては、のちに彼が講談社ちかくの切支丹屋敷に送られ、そこで二人の男女が召使いとして使われたという記録も残っている。実はそのころ私は『沈黙』の続編としてキャラの後半生を別の小説に書く可能性を持っていたいと思っていた。そしてそれを書くときはおそらくフィクションで構築していくだろうと思ったので、『沈黙』ではあえてロドリゴという仮名に変えた。

ジョゼフ・キャラ（岡本三右衛門）は歴史的に有名な人物だから、読者に誤解を与えてはいけないと考えたわけである。キャラについて記録のなかで分かっているのは、布教のため日本に密行して博多湾で捕らえられ江戸に送られたことだけであり、私が『沈黙』で描いた山中放浪もすべてフィクションなのである。

その点フェレイラの場合は、井上筑後守の拷問を受けて転んだことも、その後に無惨な生活を送ったことも記録に残っている。『オランダ商館日記』などを見てもそう記されているが、私もフェレイラについては事実にあわせて書いたために、そのままの名前で登場させても読者に無用な混乱を起こすことはないと考えたのである。ただ、彼がキャラ（ロドリゴ）と再会したあとの問答だけは別なのだが……。

もう一人の人物キチジローについてだが、彼は『沈黙』の冒頭、マカオからロドリゴの案内役として日本へ帰ってくる。私がキチジローを日本に置かず、マカオから戻ってくるという設定にしたのは、ひとつには私のなかに、聖フランシスコ・ザビエルがゴアから来るときに日本人を連れてやってきたという事実があったからだろう。当時、ゴアやマニラにはたくさんの日本人がいた。だがキチジローのように、自分が恐がっている日本へもういちど戻ってくるというのは、じつは大事な部分なのであり、小説の後半でもキチジローは捕えられたロドリゴのもと（牢屋）へ再び戻ってくるのである。

日本の批評家たちはほとんど分かってくれなかったことだが、聖書のなかに弟子のペテロがイエスの捕らえられたカヤパの官邸に行く場面がある。そこへ自分が行くことは非常な危険をともなうことであるにもかかわらず、ペテロは出かけていった。そしてそこで問いただされ、

「イエスなど知らぬ」

と鶏が三度鳴くごとに否む。危険を承知でそこへ出かけたくせに、いざとなると信念を覆してしまう。そういう人物としてペテロは描かれているのだが、実はキチジローも同じ形として私は描いたのだ。

つまり、人間とはそういうものなのだ。逃げだすけれども、また戻ってくる。ドストエフスキーの小説に、殺人を犯したラスコーリニコフが犯罪現場へまた戻ってくる場面があるが、それもやはり同じである。単なる好奇心からではなく、心の補償作用として行く。キチジローが自分の怖れている日本へ戻ってきたのも、やはり彼が心のなかで何かを求めていたからである。のちにロドリゴのもとへまた戻ってくるように、自分が裏切りを行ないながらもあえて危険な場所へ戻ってくるという矛盾した心情の

ひとつの伏線として、私は『沈黙』の最初にキチジローの日本への帰り方を置いたのである。

もうひとつ、キチジローが見せる裏切りについて言えば、これはおそらく誰の人生にもあるもので、もちろん私のなかにもある。つまり私は小説を書きながら、自分のなかの弱い心理をキチジローに投影することができるのである。

かつて私の一世代うえに、左翼運動に身を投じつつも党から離れていった人びとがいた。すると彼らは自分の存在価値を証明するために、所属していた党を徹底的に憎むか、真っ向から否定しようとするか、あるいは最後まで党にこだわってウシロめたさを憶えながら生きるか、いずれかの道をとったものだ。つまりキチジローは、私の前の世代をふくめた日本人のインテリのひとつの現われのような気がするのである。かりに〈変節の文学〉があるとするなら、それを体現しているのがキチジローではないだろうか。

『沈黙』を読んだ多くの人がこう言った。

「キチジローはわたしです」

それは彼らがキチジローのなかに自分を見つけたからである。ということは、裏切りは私だけの体験ではなく、すべての人間の体験だということになる。人が変節せざるをえない時代に我われが生まれあわせ、そのなかで生きていかねばならなかったとするなら、当然、キチジローという人物も具象化されて小説のなかに出てこなければならなかったわけである。

いまなら『沈黙』という題はつけない

私はいかにも大げさなタイトルは嫌いな性格なので、はじめ『ひなたの匂い』と題をつけて出来上がった原稿を出版社へ渡した。ところが出版部の友人が、これでは迫力がない、やはりこの内容なら『沈黙』ではないかと言ってきた。

打ち明け話をすれば、当時ベルイマンに『沈黙』という有名な映画があり、私としてはどうも気が進まなかったのだが、結局は『沈黙』を受け入れた。

その結果、実は困ったことが起きたのだ。出版したあと、日本の読者や批評家から、

「これは神の沈黙を描いた作品」

と錯覚されたのである。

私の意図は、

「神は沈黙しているのではなく語っている」

そういった「沈黙の声」という意味をこめての『沈黙』だったのである。

小説のタイトルが誤読を招く原因になったわけで、それを予測しなかった私がいけなかったのだろう。沈黙という言葉がそのままストレートに受け取られるとは思っていなかった。たとえば女が男に「あなたを嫌い」といったときには「好き」という意味がこめられているのと同じに、自分のタイトルもそう解されるだろうと思い、無造作に『沈黙』と付けたことがいまは悔しい。

だからこの年齢になったいま、もしあの小説を書き上げたとしたなら、『沈黙』と

いう題は付けていなかったと私は思っている。どのように頑張ってでも『ひなたの匂い』のような、いわばストレート・ボールではない題を選び取ったに違いない。『沈黙』という題はいかにも大げさで恥ずかしいのである。できれば抑制の効いたタイトルにして、そのなかで小説のテーマを読み取ってもらおうとしたにちがいない。

小説のテーマを表してしまうようなタイトル——つまりテーマがタイトルで分かってしまうようなものは、あまりいい題の付け方だとは思えない。むしろ邪道だとさえ、いまでは思っている。

自分の作品のなかから好きなタイトルの小説を挙げろと言われれば、『わたしが・棄てた・女』や『侍』を私は想い浮かべる。『沈黙』はストレート・イメージだが、その二つのタイトルはダブル・イメージになっているのだ。

〈わたしが棄てた女〉は〈わたしが棄てたイエス〉の意味が含まれているし、〈侍〉には武士というだけでなく〈さぶらふ〉——つまり〈だれかに仕える・だれかを頼みとする〉という意味が含まれているのである。そういうダブル・イメージを持つ題が私は好きなのである。

はじめに付けた『ひなたの匂い』は少し解りにくい題かもしれない。が、私としては次のような想いをこめたつもりだった。つまり人生がすべて裏目に出てしまったフェレイラ――彼は死刑囚であった日本人の女房子供を押しつけられ、しかし人のために何かをしたくて医者の仕事をする。ところがときどき奉行所から呼びだされて、たとえば中国から来る船で怪しい者が入りこんでいないか、あるいは切支丹本が入っていないか、そんな取り調べに立ち合わされている。いわば屈辱的な日々を送っている男が、あるとき自分の家のひなたのなかで腕組みしながら、過ぎ去った自分の人生を考える。

そういうときの〈ひなたの匂い〉があるはずだと思った。言いかえれば〈孤独の匂い〉だろうが、私はそのイメージをタイトルにしたかったのである。

フェレイラが実際にひなたの匂いを嗅ぐ場面を書かなかったのは、やはり文章を書くうえでも抑制がもっとも大切だと思ったからだった。

つまり光を描かずに影をひそかに描く。

その点で『沈黙』というタイトルは大上段に振りかぶって、

「さあ見ろ」

という感じがしてどうも気に入らない。

ただ、あのときは小説を書き終えた直後で疲れ果てていた。おそらくいまの私なら断固として譲らないだろう。もう少しとぼけた感じの、ナックルボールのようなタイトルにしていたに違いない。

日本ばかりでなく外国の批評家たちも『沈黙』というタイトルには惑わされたようだった。各国で私の作品を論じてくれたが、やはり『サイレンス（沈黙）』という言葉があまりに強い響きを持つために、それに振りまわされていたようだった。だから私としては自分で否定しなければならなかった。あの小説が発表されたときにはいろいろな批判がキリスト教会から出されたが、それもほとんどの場合、

「神は沈黙している」

と解した人びとからのものだったようだ。

最終章「切支丹屋敷役人日記」に関する誤読

さきほども言ったように、私の場合は自然描写にしろ、さりげなく書いた一行にしろ、ダブル・イメージ、トリプル・イメージをそこにこめたいと思っている。主人公のロドリゴが踏絵を踏まざるをえなくなったとき、朝がくる。彼は苦しい夜を送り、踏絵を踏んだとき朝になって、鶏が鳴いた。

ところがその場面を日本のほとんどの読者は、

「単に鶏が鳴いた」

としか読んでくれないのである。

しかし長い苦しい夜が明けて鶏が鳴いたと書けば、外国ではそこに聖書のなかのペテロのエピソードが隠されていることに気づくはずである。

あるいは「長い夜」と書けば、イエスが捕えられてカヤパの官邸で送った長い夜や、その後の弟子たちがイエスの墓でじっと気配をうかがった夜を感じとるだろう。

「つまりここは、そういうことを下敷きにして書いているな」

と受け取ってくれる。

私の書いた一行一行を、キリスト教という文化のなかに育ったヨーロッパの人びとなら正確に感じとってくれる——そういう期待を私は持っていた。

その期待は裏切られなかったが、ただひとつ、小説の最後の章に置いた「切支丹屋敷役人日記」については外国でも誤読をしていた。それは翻訳のせいなのだが、具体的に述べれば次の箇所である。

「岡田三右衛門儀、宗門の書物相認《あひしたた》め申し候様《やう》にと遠江守中付けられ候」

ここに書かれている「書物」とは誓約書のことで、岡田三右衛門（ロドリゴ）が誓約書を書いた、と役人が報告している記録なのである。

何気なく書かれているが、なぜ三右衛門は遠江守から誓約書を書くように命じられたのか。そして、その誓約書とは何か。ここが問題となってくる。

じつはこの時点で三右衛門はすでにキリスト教を棄てた誓約書を書いているのである。彼はキリスト教が邪法であり、宣教師たちはでたらめを言い回っていて、それを信じたために自分は日本に来た――そういう内容の棄教の誓約をした。しかしそのあとで、またなぜ彼はあらたな誓約書を書かせられねばならなかったのか……。

結論を言えば、彼は最初に転んだあと、

「自分はキリスト教徒である。拷問に負けて棄教はしたが、あれは本意ではなかった」

と申し立てをしたのだ。

そのため再び拷問にかけられ、もういちど棄教の誓約書を書かされた。このことを「切支丹屋敷役人日記」の一行は暗示しているのである。

ところで英語訳でこの部分つまり「書物相認《あひしたた》め」は、「write a book」となってしまった。「本を書いた」では誓約書の意味はすっかり消えてしまい、記録のなかの大事な一行がまったく無意味になってしまったのである。

しかし翻訳でそのような出来事はあったにせよ、「切支丹屋敷役人日記」に至るまでの過程では外国の読者たちはかなり正確に『沈黙』を読んでくれたのは事実で、その点は日本での状況とは少し違っていた。

聞くところによると、日本では『沈黙』は挫折の書として読まれたとも言う。当時の日本は学生運動華やかなりし頃だったから、挫折した左翼の人びとが愛読してくれたのだろう。

キリスト教のなかでも、カトリックよりはむしろプロテスタントの方たちが読んだと聞いている。カトリック教会でもほとんど禁書にひとしく、

「『沈黙』は読まないように」

とミサで言った神父もいたのである。

日本と西洋の距離感――「泥沼」の持つイメージ

小さいころ、私は自発的には聖書を読まないまでも、教会などでイエスについての話はよく聞かされた。

「裏切りのときに鶏が鳴く」のも私の頭のなかに一つの物語として形成されていた。だから自分が小説を書いていて裏切りの場面になれば、当然のごとく鶏が浮かんでくる。要するに「裏切りと鶏」は私の心のなかですでに一つのイメージとなっていたのである。

ロドリゴが踏絵に足をかけた朝、鶏が鳴く――そう書いたのは私にとってごく自然なのだが、同時に読者に対する信頼感があったのも事実である。ペテロが「イエスなど知らない」と否んだときに鶏が三度鳴いた話はあまりにも有名で、少なくとも外国の小説を読んでいる人びとになら分かってもらえると思っていた。ところが外国人の小説家が書いたものならそうと察する日本の批評家たちも、日本人が書いたとなると、まさかと思ってそこまでは考えてくれなかった。

だが考えてみれば、外国と日本のその距離感こそ私の書きたかったことだとも言える。つまり、それが小説の最後で井上筑後守がロドリゴに向かって語る言葉なのである。

井上筑後守はいちどキリスト教徒になり、そしてキリスト教を棄てた男だった。しかも彼は大インテリであり、戦《いくさ》を経験せずに大名になった、徳川時代最初の官僚だった。おそらく彼ほどの優秀な頭脳を持った男なら、自分がキリスト教徒になるときも棄てるときもいろいろ考えたはずである。だからこそ最後に彼はロドリゴに向かって言う。おまえは日本という泥沼に敗れたのだ。この国は切支丹の教えにはむかない。切支丹の教えは根をおろさない。日本とはそうした国だ。どうにもならない……。

これは井上筑後守が相手に対して同情しつつ言っている言葉である。外国人宣教師たちがいくら頑張っても、表面的なキリスト教なら日本に植えつけることはできるが、キリスト教の背後にある本質的なものを育てることはできない。

そのことを「泥沼」という言葉があらわしているのであり、表面はいかにも花が咲いているように見えるものの、根はすでに腐ってしまっているということなのである。『沈黙』を出したあと、外国人ジャーナリストが私のところへ来ると、必ずその箇所について質問してきた。

「沼をどういう意味で使ったか」

実は私がその部分を書くときに考えたことは、イメージとして根を腐らせるものは何か——ということであった。

結果、私は沼のイメージに辿りついたわけだった。沼のなかでは植物の根は腐っていく……。近いうちに外国の批評家たちの会から「遠藤周作論」が出る予定だが、おそらくその部分が彼らの共通した問題になるのは間違いないだろう。

話を戻せば、私は井上筑後守のその台詞を思いやりのある言葉として書いたのだが、ただそれについては自分でも、

「西洋人的なものの言い方だな」

と思っている。

しかし井上筑後守は当時のキリスト教を指して言っているのであり、ヨーロッパのものの考え方を土台にして成立し、その思考方法で育てられたキリスト教をそのまま日本に持ちこもうとしても駄目だと言おうとしているのである。

言葉を変えれば、彼の考えとは、

「あなたたちの思考方法で鍛えられていないキリスト教を、もういちど考えなくてはいけないのではないか」

ということなのだ。だから彼はロドリゴにむかい、あなたたちの宗教がいけないとは一向に思っていない。ただ日本には向かないと言っているだけだ、と言う。

では、日本的な思考方法に合ったキリスト教とは何か。この問題が必然的にやってくるのだが、私の以後の小説はその問題に眼を向けて書いたものであり、『侍』はその代表作といえるだろう。

はじめにも述べたように、当時の日本人がキリスト教のような異国の宗教をなぜ信じることができたのか――その点に私は興味を持ったために多少は勉強をつづけてきた。仏教的な考え方からすれば、この世ははかなく、頼むものも何ひとつない。戦国時代であれば自分の主人まで頼みにならない。そういうところから彼らはキリスト教に入っていく。あるいは神道の思想に結びつけたりしてキリスト教の世界へ入る。それでも彼らはキリスト教を信じていると思っていたのである。そして宣教師たちもそれを容認していた。そのようなことを考えてみると、つまりいろいろな要素がキリスト教のなかに含まれ、そして成立していったということだろう。そこに私の最大の興味があったのである。

犬を書いても犬と思われ、鳥と書いても鳥と思われ

日本の文壇のなかでキリスト教をテーマにしたものを書けば、どうしても通じない

面が出てくるのは仕方がないのかもしれない。そのために私も手を変え品を変え、いったいどこで調和させたらいいのかと、それまでにもいろいろ考えてきた。

たとえば私の小説には九官鳥や犬などがよく出てくる。病気の主人公が、自分の心のなかの暗い秘密を九官鳥にだけ語りかける。そして主人公が二度目の手術を受けたとき、九官鳥は死んでいる。しかしその場合も、私の読者は誰ひとりとして、九官鳥をキリストだとは考えてくれなかった。

あるいは一匹の犬がじっと主人を見ている。その哀しい眼に私はいつもキリストを感じているからそう書くのだ。キリストという言葉の代わりに一匹の犬をさりげなく置き、その犬の眼を書く。だがそれをキリストの眼だとはほとんどの人が分かってくれない。犬を書いても犬と思われ、鳥を書いても鳥と思われた。理解されなかったからといって愚痴をこぼすのは小説家として屈辱だが、かなりの悪戦苦闘をしてきたのは事実なのである。

『沈黙』を書いたのは、ちょうど病気の後だった。

「もう妥協もヘッタクレもあるか。好き勝手なことを書いてやれ」

そんな破れかぶれの気持で、私としてはずいぶん我儘に書いた。

もうひとつは、それほど本が売れるとは思っていなかったこともあった。出版した新潮社でさえ五万部いけばいいと思っていたにちがいない。当時の純文学書き下ろし作品のほとんどは、多くて五万から七万くらいで止まっていた。

それが意外にも多くの人に読まれて、いまでは学校の教科書にも載っているようである。ロドリゴが山中を放浪する箇所が掲載されているが、考えてみると教科書というのは漢字や言葉の意味を憶えさせるためのもので、文章の読み方とか味わい方を教えるものではない。

そのことからすれば『沈黙』が国語の授業でどのように取り扱われているのかは、さほど気にならないというわけだ。

余談だが、かつて私の小説の一つが大学の入学試験問題に使用されたことがあった。私の文章の一部が引用され、

「主人公は次のどういう気持でそのような行為をしたのか。正しいと思うものに丸を付けよ」

という質問だった。

あとで問題を解いてみたのだが、私が正しいと思った答と、大学が正解とした答とはまったく違っていたのである。つまり私は全部の答に丸を付けたのに、正解とされていたのはたった一つだった。しかし断っておくが、作者は私であって、大学の教授ではないのである。

学校の国語の授業や試験とはそんなものであり、文学鑑賞のための勉強ではない。その証拠に私は大学に入るまで、国語の時間にたとえば、

「この文章はおいしい」

という教えられ方をされた憶えがない。大学に入ってはじめて素晴らしい先生に出会い、文章のおいしさについて教えられて眼が醒めたのである。

執筆時にぶつかった大いなる壁

何度もいうように、『沈黙』を書いているときの私は病み上がりの状態だった。それで軽井沢にかつて診療所だった建物を借りて過ごしたのだが、そこにはいくつかの小屋が建ち、私はその借り料を払ってはいなかったものの、毎晩のように小屋の一つに忍びこんで裸電球の下で原稿を書いていた。

だが『沈黙』のクライマックスの場面（ロドリゴが踏絵に足をかける場面）は、あたかも誰かが助けてくれているかのように一行一行がうまく進んだのである。誰かが私の手を持って書かせてくれている感じだった。それは一つには環境——小屋の様子のおかげもあったのかもしれない。湿気があって、暗い。私にはそういう状態がもっとも適しているようなのだ。篠山紀信さんの言葉を借りれば、「母親の胎内のような状態」ということになる。

広い部屋や大きな書斎、そして陽射しがいっぱいに入ってくるホテルの部屋というのが私は苦手で、密室に自分を閉じこめておくような状態のとき、もっとも捗《はかど》るのである。さらにそこがうす暗く、やや湿り気のあるような部屋……。そういう条件が軽井沢の小屋で偶然に一致したのだろう。クライマックスの箇所は自分でも上手くいったと思っている。

逆に、たとえばロドリゴの山中放浪の場面などは筆が進まずに困った。私は風景描写が好きだから、取材で長崎に行ったときにも、放浪の舞台にと決めた福田（かつて長崎ができる前、切支丹大名の大村純忠がポストガルの商船の入港を許した港）の裏山に大学ノートを持って登ったものだった。そしてヘタクソな絵でその風景を写しとり、そこに「山」とか「雲」と説明の文字まで添え、光の影となっている箇所には斜線を引いて「影」と書いたりした。さらにそれぞれのイメージを、比喩を使って大学ノートに書きこんでおいたのだが、それを見てもなかなか筆は進まなかった。

上手くいかないときには何をしてもダメなのである。そういうとき、たまたま電車に乗って私はドアに体を凭れさせ、ぼーっと外の風景を見ていたことがあった。すると電車のたてる単調なリズムと揺れとが私のぼーっとした状態とかさなり、それまで何日も書けずに苦しんでいた壁に突然大きな穴があいたのである。

しかしそれが上手くいったからといって、次に壁にぶつかったときまた同じ方法を試みても無駄である。問題は自分の無意識を働かせることなのだから、意識的に自分をそういう状態に置いても上手くはいかない。競馬におけるビギナーズ・ラックと同じで、味をしめて意識的工作がはじまるとなかなか成功しない。

『沈黙』への或る批判に答える

『沈黙』に対する批判として、フェレイラやロドリゴが転んだのは彼らの信仰が本物ではなく、底の浅いものだったからだという意見があった。

それに対して私が言いたいのは、切支丹迫害時代におこなわれた拷問も経験しない者が、それを体験した者の信仰の深さ浅さを言える権利があるのかということである。

井上筑後守はそれまでにもいろいろな拷問をおこなっていた。そして最後には切支丹たちの首を斬り、火あぶりにした。ところが切支丹たちは敢然として死んでいく。奉行所の役人がそれを見て感動し、切支丹になったという記録もあるくらいである。

井上筑後守が最終的に考え出したのは、もっとも屈辱的で、もっとも苦しさの持続する拷問――「逆さ吊り」だった。一瞬の苦しみならば人は耐えられる。しかし逆さ吊りというのは、頭に血が溜まってすぐに死んでしまわないように耳のうしろへ小さな穴をあけ、そこから少しずつ血が垂れるようにした拷問である。下には汚物が溜めてある。そこへ二十四時間吊るされ、翌日もその翌日も吊るされつづける。意識がだんだん濁っていき、最後に人びとは転んでいく。

そのような拷問に耐えられるのは、おそらく千人のうち一人だろう。ペトロ岐部という男はそれに耐えた。しかし誰もが彼と同じに頑張れるものではない。年齢とか体の状態を考えあわせれば、転んだ人間を決して非難できないはずである。

それをもし、信仰が浅いから転んだと非難するのなら、たとえキリスト教徒といえども私は彼に激怒したい。第一に、そういう人間には想像力がない。転んだ人間の信仰が浅いのではなく、それを批判する人間の情愛が浅いのである。情愛の浅い人間の信仰など私には受け入れられない。いまでこそそんな批判をする人もいないだろうが、もしいたとしたら私は彼の顔を黙ってじっと見つめている。

『沈黙』——冒頭の章への反省

私くらいの年齢になると、夜、ふと眼が醒めて自分の人生を振り返り、あの人にこうしておけばよかった、あの女性にこうしておけば傷つけずにすんだと思うことがある。しかし、取り返しはきかない。

小説も同じで、あとになって、

「こう書いておけばよかった」

と思うことはあるが、小説もやはり自分の人生の一部分なのである。私はむしろそのままにしておきたい。

もちろん後になって或る部分を書きなおす小説家もいるだろうが、それは「人生を再構成することが出来る」と信じている人にちがいない。

小説のなかに見いだせる欠点は、それを書いたときの自分の欠点にほかならないのだ。だから私は書き直す気は起きないし、かりに一部分を直せば全体の構成がバランスを失う危険性がある。いわば欠点の箇所もふくめて自分の肉体なのだから、そこを修復したからといって体全体がすっかり治癒するものではないのである。むしろ、その欠点があるからこそ他の部分が活きる場合もあるのだ。

『沈黙』のなかでも、いま考えれば、

「この人物にもう少し補強工作をすれば、もっと活きた」

と思うことがある。たった一行で登場人物は活きたり死んだりするものだ。

しかし正直なところ『沈黙』のなかでいまでも気になっているのは、最後の「切支丹屋敷役人日記」の章である。資料の文章をそのまま使ったため、解りにくくなってしまった。やはり現代語訳にして書いたほうが誤解も少なくてすんだろうと思っている。

おそらく小説家には二種類のタイプがあるのだろう。後になって自分の文章をいろいろと添削する人もいて、たとえば永井荷風はその一人である。

しかし私の場合、たとえば三十歳で書いた小説なら、そのなかの欠点は三十歳の情感をふくんだ欠点だと思いたいのである。初期の小説を後になって読み返せば、誰でも顔を手でおおいたいほどに恥ずかしくなるものだ。文章も未熟で、作中人物も活きていない。長いあいだ小説家業をしていれば技術も少しは向上するから、

「こんな書き方はするものじゃない」

とすぐに解る。二十代に書いた小説を読めば自分の文章の稚拙なことやカメラ・アイの拙さに気づく。

しかしそれも私の人生なのである。

『沈黙』の原稿が風呂の焚き付けに

たしかに『沈黙』のなかでも書きなおしたい箇所がないわけではない。最終章の「切支丹屋敷役人日記」への誤解についてはすでに述べたが、それ以外の箇所で例をあげれば、小説の冒頭の章がいまは気になっている。

あのとき、書き出しには非常に苦労をしたのを憶えている。つまり、苦労をしたから文章が滑らかではなくなってしまった。ほかの章にくらべると、かなり硬くなっているのがわかるのである。たとえば3Bの鉛筆で書いた柔らかなタッチではなく、HBで書いたような硬い文章になっている。やはり新しい小説を書く緊張が出たのだろう。

小説を書くとき、はじめに私は原稿用紙の裏に細かい文字で書いていく。それを赤のボールペンで訂正したあと、秘書に清書してもらうのだが、そのあと自分で朗読してテープに吹き込み、文章のリズムを聞いて確かめてみる。この三つが私の小説づくりの作業である。

『沈黙』の殉教の場面――つまりモキチとイチゾウが水磔の刑に処せられるシーンを書いたときには、テープで聞いてみてほぼ九十九パーセント上手くいったと感じた。私の秘書はその部分を書き写していたときに涙ぐんでいたし、彼女は文学部を卒業したわけでもなく小説については素人なのだが、それでも感動しているのが私にも伝わってきた。上手く書けたときというのはそういうものである。「筆がなめらかに進む」のではなく、「一行一行を誰かが手を添えていてくれる感じ」なのだ。

ほかの小説家からもよく聞くことだが、書きながら、

「なんて上手くいくのだろう」

という手応えを感ずる。

だから文章は難行苦行して書いたから良いものになるとは必ずしも言えないのだろう。苦労した結果、かえって悪文になる場合もあるのだ。文章を練りに練って、

「どうです、上手いでしょう」
というのは駄目で、自分の技巧を消すことが大切なのである。技巧が目立たないようにしながら、何の変哲もない文章と巧い文章のすれすれのところまで持っていく。真にすぐれた陶芸が決して巧さを見せないのと同じである。

巧くいったときに〈誰かの手〉を感じるのは私だけではなく、日本画家の平山郁夫さんも同じことを言っておられた。つまりそういう機会に恵まれる作家ほど大芸術家で、私などはごくたまにしか恵まれないが、それでも『沈黙』を書いているときには〈誰かの手〉を感じることが多かった。

『沈黙』を書き終えたのは秋のはじめ、たしか夜中の二時か三時ごろであった。軽井沢の小屋のなかで書き終え、それから母屋まで歩いて戻った。やはり長い時間をかけて仕上げたあとは体の力が抜けたような気分で、病気が再発するという不安こそなかったものの、手術のあとで体が疲れやすく、足取りが少し頼りない感じだった。

手術の前には、

「この体ではもう小説は書けないのではないか」

と思っていたのだが、三度目の手術が成功して命が助けられたわけだ。

「この小説を書きあげることが出来たら、もう死んでもいい」

そんな気持がどこかにあったから、やはり書きおわったときの満足感はたいへんなものだった。

それにしても残念なのは、『沈黙』の生原稿が消えてしまったことである。当時、軽井沢の私のところに遊びに来ていた学生が、もう必要ないと思ったらしく、風呂の焚き付けに燃やしてしまった。秘書が清書したほうは残っているのだが、私の書いた原稿はほとんどが灰になってしまった……。

しかし思い出してみると、書き上げたときの興奮という点では『侍』のほうが大きかっただろうか。

『侍』が完成したのは十二月三十一日の夜中で、最後の章を書いているとき、家族が見ていた紅白歌合戦が家のなかに聞こえていたのを憶えている。

私の宿題――日本と西洋との距離

『沈黙』という小説を私の仕事のなかで位置づければ、おそらく第二期へ入るための突破口となった作品だと言える。つまり私の抱えた問題の一つの解決として『沈黙』があったのである。

第一期では、私のなかにいろいろな対立があった。それは日本人と西洋の問題であり、また日本人とキリスト教の問題だった。それらの対立のなかで小説を書いてきたわけだが、私は長編を書くまえにはウォーミングアップのようにして短篇を書くのが癖になっている。野球で言えば、肩ならしをしてから登板するといった感じで、要するにウォーミングアップのあいだに問題を整理し、それから登板して決め球を投げ込む方法をとっている。

つまり『沈黙』は突然に生まれた小説ではなかった。広い意味で言えば、私が小説というものを書きはじめる前から悩んでいたことの積み重ねであり、そして小説を書きはじめてからの宿題の積み重ねがこの小説であった。

したがって『沈黙』には、自分の過半生をすべて打ち明けなければならないという問題が含まれていた。日本人でありながらキリスト教の家庭に育ち、自分の肉体が自分の信じてもいないことへ放りこまれた人間の、いわば異文化体験である。しかも当時キリスト教は敵性宗教だったから、まわりからは白眼視され、また警戒もされていた。私もそういう体験をしてきたし、あるときは教会のなかに憲兵が踏みこんできて神父を連れ去っていく場面に遭遇したこともあった。そういう時代に育ってみると、やはり自分の問題をもっとも投影しやすいのは切支丹時代だと気づくのである。

私は病院のベッドで自分の過半生をなぞり、昔の日本人がどうしてキリスト教を信じたのかと考えて切支丹時代の文献が読みたくなったのである。

思い返せば留学時代に私が抱えた問題も「西洋とは何か」であった。外国で暮らした一年目には、その国や人びとについて何か解ったような気になるものである。

「フランスとはこういう国だ」

「フランス人はこんな国民だ」

という感じになる。

ところが二年目になるとだんだん解らなくなってくる。ちょっとしたことでも、その背後に文化のとてつもない層の厚さがあることに気づくのである。そして三年目には、もう何もかも解らなくなって、西洋との距離感を痛感するわけである。これはたとえば加藤周一さんも同じ問題を抱えて日本へ帰ってきたから、私だけのことではないはずである。

明治時代の留学生たちは、

「西洋が解った」

という感じで帰ってきている。

それは役に立つもの——つまり文明だけを学んで、役に立たないものは捨ててきたからである。そして日本政府は、役に立つものを学んできた留学生たちを登用していた。

しかし我われの時代になると、そういう段階を卒業して、日本にとって直接は役立たないものに眼が向けられるようになったから、簡単に「解った」と言うこともできないのである。

たとえばルオーの画を真似て描いて、

「ルオーが解った」

と言ったところで、それは表現形式が解ったに過ぎない。ルオーの背後にある〈中世〉など日本人に簡単に解るはずもないのだ。イミテーションの〈中世〉は持ち帰ることができても、本物となるとやはり宿題として抱えざるをえないのである。

つまりそういったものの積み重ねが私に『沈黙』を書かせたわけで、何も〈弱者〉だけが主題のすべてではないのである。個人的な身の上話にはじまり、

「じゃあ自分はどうしたらいいのか」

と問題を突き付けられた結果が、『沈黙』という小説だったのである。

自分の心の鍵がピタリと合う街「長崎」

『沈黙』を書き上げてからも私は何度か長崎へ行っているが、やはりその前と後では何かが違っていた。書きあげるまでは、長崎で見るものの出会うものすべてが切迫感に満ちていた。たとえば雲の流れ、海の色……。

「この光景は、あの場面に使えるか使えないか」

「その木の翳りは小説のどの箇所に入れようか」

といった具合であった。

道を歩いていて子供たちの声が聞こえてくれば、私はそれを挿みこむ場面を考えた。長崎に過ごす一日のすべてに切迫感があった。

しかし書き上げたあと、「強者どもが夢のあと」といった感じになったのは仕方がないことだろう。その後も私は長崎を舞台にした小説をいくつか書いたが、やはり長崎を胸にたたきこんだのは『沈黙』の準備のときで、以後の作品はそのとき得たもので書いたといっていいだろう。

おそらく人間は、自分の内面にいちばん適した街や場所をどこかに持っている。ちょうど自分の心の鍵がピタリと合うような鍵穴を、日本あるいは外国のどこかに、誰でも持っているはずである。

たとえば私は金沢の街が好きだ。家並みは美しいし食べ物はうまいし情緒もある。しかしそれは単なる「好きな街」にすぎない。

岡山に美星町という街があるが、そこも私の好きなところである。母親の故郷なのだが、しかし「自分の街」という感じはしない。

「自分の街」とは、自分がそれまで抱えてきた問題や、いま自分が直面している問題――それをそっくりその街も持っていて、問題を解いてくれたり、あるいは逆に問題を突き付けてくるような場所のことだろう。

堀辰雄は、自分の内面にもっとも合った場所を追分（長野県）に見つけた。

私にとって、それは長崎県なのである。

だから他人にとっての長崎は、単なる観光都市であるかもしれないし、原爆の落ちた街であるかもしれない。いずれにしてもそれぞれの想いがあるはずだが、私にとっての長崎は、私が少年時代から今日まで抱えてきた問題をすべて持ち合わせてくれている街で、ちょうど美味しく滋養もたっぷりある食べ物のようなものなのである。そこへ行くと、街が私につぎからつぎへと問題を与えてくれ、話しかけてもくれる。それはしかし私個人の問題で、誰もがそうやって長崎を見なければいけないということではないのだ。その人にはその人の問題があり、その人の心の場所がある。

私が留学したのは昭和二十五年だった。いわば私は戦後はじめて西洋とぶつかった日本人であった。まだ日本は敗戦国で情報など何も入ってこなかったから、いまの日本の若い人たちのように西洋をテレビや雑誌で知って出かけたわけではなかった。だから戦国時代に長崎から西洋に出かけた最初の留学生の異文化体験とか、有馬のセミナリオで初めて西洋の言葉や学問や音楽を教えられた日本人たちの感動も、その十分の一くらいは私のなかに伝わってくる。

天正少年使節は飛行機で西洋へ行ったのではなく、船に乗り、二年もかけて辿りついた。私も船でヨーロッパへ行ったのだが、そのときは三十五日かかった。三十五日と二年とでは比べものにならないが、現代の飛行機による距離感のない旅とは明らかに違っていたのである。

つまりそんないろいろなことがあって、長崎へ行くと私は自分の過去の体験をその街へ投影できるのである。

いま、私の心の街はインドのベナレスになっているが、青年期・壮年期においては長崎が大きな部分を占めていた。……その街に切支丹時代、私と同じような問題を抱えた人びとが生き、そして拷問にかけられ、魂のすさまじい闘いを行なっていたのである。

日記（フェレイラの影を求めて）

五月二日

私の血縁には一人も九州出身はいないのに、長崎に着くたび、まるで故郷に戻ったような気持になるのはどうしてだろう。それはこの街には他の国から来た者を暖かく迎えるという伝統的気風が出来あがっていて、私のような旅人にも違和感を与えないからだろうか。

いずれにしろ、長崎を訪れるたび、私はよそよそしく扱われたことがないのだ。

たとえばこんなことがあったが、この前に三浦朱門と友人の神父とここに来た時、銀鈴という古いランプを集めた有名なレストランで食事をしていると、隣のテーブルにお嬢さんが二人、腰かけて珈琲を飲んでいた。

三浦は細君の曽野綾子さんに何を土産に買っていったらいいかしきりに思案している。私は横のテーブルのお嬢さんたちに声をかけ、どこかいい店を教えてくれないかときいた。

東京ならばそういう時、店の名を教えてくれるだけであるが、この親切なお嬢さんたちは私たちを繁華街にあるベッコウ店まで連れていってくれただけではなく、店員さんに小声で何か言っては、割引までさせてくれたのである。

三浦はそれこそ舟につりあげられた河豚のように口をパクパクさせて恐縮して、

「しかし、ふしぎですねえ。どうして、あなたが声をかけてくださると、どの店も割引してくれるんでしょう」

お嬢さんは笑っていたが、やがてその理由が判明した。お嬢さんの家はこの繁華街の浜町でも有名なタナカヤという婦人服店で、周囲の店とはごく親しかったのである。

その午後、矢太楼という我々の宿屋に電話がかかってきた。彼女の母上からで、娘から話をきいた。長崎はお始めてのようですので、良かったらおいしいお寿司屋さんを紹介しましょうと誘ってくれたのである。

私がとら寿しを知ったのはこのためである。とら寿しは浜町のすぐ近くにある店で、その夜はタナカヤさん御一家と我々はここでたのしく夜をすごした。

とら寿しの御主人は変った経歴の持主で京大を出たあと、会社の重役までされたのだが、つくづく宮仕えが嫌になり、故郷の長崎に戻って寿司屋を開業されたのだそうだ。自分で魚つりに行った魚を自分で料理して好きな客に食べさせるのが楽しみで、この日も
「今度、私の手づくりのカラスミを送ってあげますよ。それを薄く切って、なかにニンニクをはさんで、舌でころがすようにして一杯やってごらん。こたえられんから」

とか、正月のダイダイを陰ぼしにしたのを醤油と砂糖で煮る。それを暖かいホカホカとした御飯にのせて食べるとこれ、実においしいと言われ、三浦も私も咽喉に唾がこみあげてきそうであった。そしてその約束通り、私は毎年、とら寿しの御主人手製

のカラスミを頂戴する好運に恵まれたのである。

以来、タナカヤさん御一家ととら寿しさんとは私が長崎に来ると、親類のような家になってしまった。

長崎が私には故郷のように感じるのはそうした良い人にめぐりあえたせいかも知れない。

もう一つ。長崎の人と話をしていると、こわいという感じがする時がある。こわいというのは怖ろしいというのではない。たとえばこのタナカヤさんとかとら寿しの御主人はすごく舌がこえているのである。舌がこえているというのは本当の文化ということだから、私は親しみと同時に敬意を払う。それが東京人のように知ったかぶりの食通、有名料理店めぐりの食通でないだけにこわいのである。食べものの味を味える人はその他のことも味えるのであって、私はエピキュリアンが長崎には多いような気がしてならぬ。

五月三日

風頭山の頂きで私は今、この日記を書いている。頂きからは二つの岬がまるで何かを抱きかかえた両腕のように長崎湾をつつんでいるのが見える。湾のこちら側に長崎の街が真昼の光の下で拡っている。

この頂きに来たのは、フェレイラが始めて日本に到着した日のことを空想したいためである。彼が長崎に来たのは慶長十四年、一六〇九年で、徳川家康と秀忠の時代だ。初夏の長崎は気持がいい。風が若葉の匂いをふくんで私の頬に心地よい。教会の鐘が足もとから聞える。長崎は今でもやはり日本で一番、教会の多い街だ。あちらの教会から鐘がなると、それに応えるようにこちらの修道院も昼のアンジェラスの鐘をならす。フェレイラが日本に来た頃も同じようだっただろう。

当時の長崎は人口は五万以上、秀吉が二十六人の宣教師や信者を西坂で処刑にした記憶はまだ残っていたが、市民には信者は多かった。教会だって岬の教会を中心にサン・ペトロ教会（現在の今町）サン・フランシスコ教会（現在の桜町）サン・アウグスチノ教会（現在の本古川町）サン・ドミニコ教会（現在の勝山町）など十も数えられた。教会だけではなく修道院や病院も次々と建てられた。

長崎の細ながい、静かな入江。今は大きな造船所のドックが対岸にみえるが当時はあそこは緑の樹々で埋っていたにちがいない。

フェレイラが始めてこの入江に入った日、それは何月だったかわからない。しかし彼は故郷ポルトガルを出発してから数カ年以上かかって最後の目的地、日本に着いたのであろう。彼が烈しい感動なく、この長崎の海や入江の風景を見なかったとは考えられない。彼の心にはその時、一瞬でも恐怖がかすめたろうか、自分の悲劇的な晩年を予感する何ものかが脳裏をかすめたろうか。

私は前に神戸の南蛮美術館で見た「南蛮人渡来屛風」の光景をふと思いだす。それはおそらく当時の目撃者によって描かれた長崎の港の風景である。大きな黒い南蛮船。そこからおりてくるポルトガル人やスペイン人。運び出される珍奇な品物や動物たち。出迎える宣教師や武士。彼等の背後には三層の岬の教会が描かれている。

だが現実には南蛮船が着いた頃の長崎港は御朱印船の出発地で日本船や中国のジャンクが集りもっと騒がしく、もっとうす汚なかったにちがいない。日本人たちは次々とおりてくるポルトガル人や西洋の品物に眼をみはりフェレイラもその日本人たちの好奇心のこもった眼差しをうけただろう。人夫たちの声や、海の匂いや埃で港は騒がしかったことだろう。

もっともその港は現在の長崎大波戸のあたりではなく、今の警察署の前あたりだったのである。長崎の街自体はこの頃、もっと海に侵蝕されていた。岬の教会も西坂公園の附近にあったと思われるが、あそこまで海は来ていたのだ。だから今の長崎よりも、もっと当時の長崎は背後の山の方角に追いつめられた傾斜した街だったように私は想像している。（ポルトガル人はマカオやリスボアを見てもわかるように山と海とにはさまれた狭い土地に町を作るのが好きだ。長崎はその点、ポルトガル人好みの町だったのである）

フェレイラが長崎に上陸したとするならばそれは切支丹たちにとっては最も幸福な

時代であり、また街自体も貿易によって活気あふれる頃の長崎だったのである。現在の長崎県庁を中心にした六つの町の外廓に新しく十八の町が形成されていた。

したがってフェレイラが見たであろう長崎の町がどのあたりであり、どのくらいのものだったかは大体、私にもわかるのである。

風頭の山から私は当時の町だけに注目する。人口、五万以上。三層や二層の中国風の寺に似た教会があちこちにあるほかはひくい家並のかたまった町。それがフェレイラの見た頃の長崎だったろう。

五月五日
今度の長崎に来た目的の一つは、フェレイラの晩年をここで味うためである。寛永十年、一六三三年、十月十八日はフェレイラの生涯にとって致命的な一日だった。井上筑後守の手によって捕えられた彼が奉行所で逆さ吊りにされた後、五時間後に棄教したのだ。

奉行所ははじめ本博多町におかれ、のちに外浦町の現在の県庁の場所におかれたのだが、フェレイラが拷問をかけられたのは、この県庁のあった所だったろう。捕えられたのは大阪だという説もあるが、寛永三年、彼は長崎の管区長顧問をしているから、多分、長崎もしくはその付近ではなかったかと私は推定している。

その時の長崎は切支丹たちにとって、もはや昔日の面影はなかった。家康の弾圧政策で宣教師、修道士はマニラやマカオなど外国に追放され、わずかに三十七名の潜伏パーデレの秘密活動で信徒たちの連帯が保たれているという状態だったのだ。

禁教令が発布されると長崎の教会は悉く破壊された。木造建築だったので鋸で柱を切り大綱で引き倒すなどして取りこわした。

だからフェレイラが捕縛された頃の長崎にはもう教会も、修道院も病院もなかった。ポルトガル人の彼が目だたぬ筈はない。いかに信者たちが彼を苦心してかくまったにせよ、禁教令が出て二十年以上も潜伏できた事情がむしろ不思議なくらいである。

「拷問五時間後、二十三年の勇敢な働き、改宗の無数の果実、迫害と障碍とを聖者のように耐えしのぶことによって確固としていたフェレイラ神父は哀れにも棄教した」

このパジェスの記述を私は県庁を通りすぎる時、思いださぬことはない。

その後の彼が何処に住んだかについても確実な文献はない。ただ晧台寺の過去帳には「本五島町」で死去したと記述されているから仏教徒に無理矢理に転宗させられた後の彼の檀那寺が晧台寺であり、本五島町に一六五〇年、慶安三年頃に住んでいたということがわかる。

しかし現在の五島町から私は自分の小説のフェレイラの住居を思い描くことはできない。

今日、その晧台寺に行った。浜町から銀鈴の前を通ってしばらく行くと、山の斜面いっぱいに無数の墓の並んだ大きな寺がすぐ見つかる。私はその墓のなかを汗ばみながら三十分ほど歩いたが、遂にフェレイラの墓を見つけることはできなかった。（この前、三浦朱門と来た時もむなしく一時間ほど探して戻ったのである）

けれども私はこの晧台寺とその近所――苔のむした石垣や大きな楠やそして古い家

家が真昼の陽の下で静まりかえっている細い道を歩きまわりながら、ここを晩年フェレイラの住んだ場所として自分の作品のなかに描くことに決めた。(この道は長崎のなかの――明治初期の面影をまだ残している大浦天主堂の付近よりも私は好きである)

五月六日

オランダ商館跡、つまり出島と呼ばれるあの扇型の人工島はもう昔日の面影はないけれども私はそこに行くたびに彼等がその日記のなかで晩年のフェレイラについて僅かながら記録を残しておいてくれたことに感謝せざるをえない。

少くともその一六四四年(寛永二十一年十一月)の記録によればフェレイラはこのオランダ商館にたびたび通詞の代りとして呼ばれたのである。彼は奉行所の命令で日本もしくは日本領の島に寄港した船に宣教師や切支丹が残っていないかの訊問通詞をするため、オランダ商館をたずねているのだ。

商館跡にくるたび、私はここには彼の足跡があることを、一種、疼くような気持で考えながら、あたりを見まわす。彼にとっては屈辱のきわみというべきこの仕事。――それをどのような心理でやってのけたのだろうか。かつて自分も信じ、それによって生きたものを裏切るという行為を彼はこの場所でやってのけたのである。私はその場面を私の作品の最後の章に入れるかも知れない。

五月七日
小説の主人公、ロドリゴがフェレイラと始めて会う場所を私は結局、寺町にある西勝寺に決めた。
この寺にはフェレイラが証人の一人となっている転び証文の写しが保存されている。
今日、私が寺にたずねていくと顔なじみになったここの奥さんが
「また証文を見たいのですか」
と笑った。御住職は生憎、外出されていたが私は奥の部屋に通されて、箱に入れた

転び証文を手にとった。

その証文はフェレイラ自身の転び証文ではない。彼がころび伴天連として一組の日本人夫婦の棄教の証人証明をしているものの一つだ。一つというのは彼が他におそらくそのような証人となった可能性があるからであり、しかもこれはその書き損じの写しにすぎぬ。しかし沢野中庵と名のらされてからのただ一つの遺品とも言うべきものなのである。

私はその写しを箱にしまってから、寺のまわりを歩いた。一羽の鶏が境内のなかを歩きまわっている。（＊註）大きな銀杏の樹の下で子供が遊んでいる。私の主人公、ロドリゴはここでフェレイラに会うのだが、それは彼が予想しなかった瞬間にせねばならぬ。

私は寺の山門の下にたちながら、警備の侍たちにつれられてここに来るロドリゴの姿を考える。フェレイラは寺のなかにいたほうがいいと思う。

＊註――この鶏が小説ができてから、この場面に使われていたのは作者として計算外のことだった。

五月八日

福田――かつて長崎ができる前に大村純忠がポルトガルの商船の入港を許した港は今、何も残っていない。ここは小浜という名になり長崎の人が海水浴にくる場所に続いている。

私はその裏山に登った。かなり急な道をのぼりつめると、突然、そこに高原のような風景がひらけ、教会のある小さな部落がみえた。教会の戸を叩いたが誰も出てこない。

さっきまで晴れていた空が曇って、急に雨がふりはじめた。私は誰もいない教会の聖堂に勝手にはいりこんで、雨がやむのを待っていた。

そしてその窓から見える風景を小説のなかに織りこむとすれば、どこに入れようかなどと考えていた。聖堂といっても、まるで郊外の貧弱な幼稚園の遊戯室のような部屋で、祭壇が一つ、捨てられたようにおいてある。ここは司祭も住んでいないらしかった。

雨が少し小降りになったので、私は教会を出て、そばの農家に声をかけたが誰も出てこない。ちぎれた雨雲の背後にミルク色の大きな雲がゆっくり移動し、芋を植えた段々畠から肥料の臭いがただよってくる。私はそのあたりを歩きまわって、手帖に眼につく樹木の名前を書きとめた。鳥がどこかで鳴いていた。それも手帖に書いておいた。

まもなく二人の女の子供が道を駆けのぼってきて立ちどまり、遠くから私をじっと眺めた。

「この教会には誰もいないのですか」

と私がたずねると、女の子は

「日曜だけ、神父さんがくる」

と答えた。やはり想像していた通り、司祭のいない教会だった。

私は牛の排泄物の落ちた山道を歩いてもう少し頂きに行った。そこから黒い、そして島のある海が見えた。（＊註）

＊註――この場面はロドリゴが放浪する山の風景描写に役にたった。私は教会をロドリゴが雨宿りをする小屋に変えて小説に織りこんだ。

（『批評』昭和四十二年四月号）

父の宗教・母の宗教

マリア観音について

「プルタークはどこかで、人間は誰でも自分の過去に、それを打ちあけるよりは、むしろ死を選ぶようなことがらを、少くとも一つは持っているものだと書いている」

正宗白鳥氏はある本でこの言葉を読んだあと次のように書いている。「私としてもその秘密らしいものを絶対に打ち明けたくないものを一つや二つは持っているのである。……私が持っている秘密、誰にも打ちあけないで墓場まで持って行こうとする秘密は『蒲団』や『新生』などに類似したものではない。さまざまな私小説作家が臆面もなく打ちあけているような秘密ではない。それは私が他人に何等かの害を与えようとした事ではなくて、ただ私の心身に関係した事なのだが、それを打ちあけるよりはむしろ死を選ぼうという気持になるのである。その秘密を思いだすと自己嫌悪、自己侮蔑に身震いするのである。死後、審判の座に引据えられた時にも、これぱかりは除外されたかった」

白鳥の言う通りである。どんな人にも、どんな作家にも彼が人間である限り、「打ちあけるよりはむしろ死を選ぶような秘密」が暗い意識の裏にかくれている。それを考えまい、思いだすまいとすればするほど、秘密は昔ながらの毒気をもって心のなかによみがえってくる。彼がもし、作家であっても決してその秘密は書くまい。書かないのではなく書けないのである。書くことの無気味さをだんだん知るからである。もし彼が私小説という形による自己告白をして、その秘密からの解放されることや他者からの許しをひそかに願ったとしていたら――それは愚かなことである。告白小説はあまりに手軽な救済形式だということを小説家は知るようになる。それは精神医学による告白療法と同じ意味をもっているにすぎない。精神医学は心理の病疾はいやせても心理のもっと奥にある世界――あの魂の領域まで手を入れることはできぬ。彼の秘密によって傷つけられぬ読者や批評家は安易に彼をゆるすかもしれぬが、しかし自分がまだゆるされていないことを知っているのは小説家自身である。小説家が同じ素材と主題を幾度も幾度も書くのは——彼のその焦燥感からきているのかもしれぬ。告白小説家は基督教信者が告解室で秘蹟を通して出てきた時のあの生まれかわったような悦びを、再生の幸福感を決して味わえないのである。

　そしてこの時、絶対者は「ゆるす者」彼を「愛する者」ではなく彼の秘密をただ一人、見ぬいている者、冷やかに凝視している者だ。そして最後の審判でそれを白日のもとに曝けだし裁く者だ。絶対者はその時、怒る神、罰する神となる。新約の愛の基督ではなく旧約のおそろしい、苛酷なヤウエである。

「私は神は恐しい神だと信じてゐた」と白鳥はどこかで書いていたが、それは白鳥だけではない。明治以後の日本文学者が基督教の神を観念的に考える時、自分の内奥にある誰にも知られぬ秘密の裁き手、それを罰するもののイメージを主としてそこに連想してしまうようである。そして基督教さえも調和と愛の宗教としてよりは自己を責める宗教としてみられることが多いのではないか。私は明治以後の日本人が基督教に漠然ともった嫌悪のなかには、まず第一にこの西洋宗教への異質感、距離感と共に神と教義への今、言ったような一方的な解釈がひそんでいるような気がしてならない。

「私は基督教を苛烈な宗教だといつの間にか思ふやうになつてゐた。殉教をしひられてゐることに気づくやうになった。……真に信者といふ名に価してゐる信者はみんな教へに殉じてゐるのである。すべての歓楽は捨てねばならぬ。中世紀に栄えてゐた修道院に入つてゐるつもりで一生を過さねばならぬ。花鳥風月を楽しまうとするのは基督教の極意から離れたものである」

このように正宗白鳥は考えたのだがおそらくこれは内村鑑三を通してみた基督教が氏にこのような印象を与えたのかもしれない。ここから白鳥のなかにも先に言ったような基督教にたいする一方的解釈が生れ、その上に異質感がかぶさり、やがて氏と基督教との別れが生れたのであろう。

私は白鳥のこのような文章に接すると、氏の基督教への取りくみ方を真摯とは考えるが、それにしても、あまりに片よりすぎていると嘆息を洩らさざるをえない。彼はたとえばカナの奇蹟をどのように読んだのか。それだけでも私は氏の聖書の読み方を知りたい。もしこの白鳥の基督教解釈を司祭に見せたとする——その時彼等はこれが基督教の全てだとは決して言わないであろう。

最近、ある小説を書く前に、私は白鳥が次のように言っているのを知らなかったが、その後、この文章を読み、その小説中の私の作中人物たちがおそわれた疑問と同じ疑問を氏が抱いているのを知って驚いたのだった。「日本に神の福音を伝へに来た聖者であるキリシタン・バテレンはなぜ苛酷な迫害を忍ぶやうに単純な日本信徒に智慧をつけたのであらう。何故、迫害を忍んでまで天国へ行かねばならぬのか。何故に転向してかかる苛烈な迫害から免かれようとしないのか。神もし慈愛の神ならばかかる場合の転向を咎め給ふ筈がないのではあるまいか」と白鳥はのべている。「私は迫害史を読みながら信者たちはなぜ転向しないかと、じれつたい思ひをするのである。天上からこのさんさんたる迫害光景を見おろしてゐたまふ神は形の上だけでも転向を許し給はぬかと疑ふのである。しかし殉教を信仰の極致として、あらゆる迫害をしのぶのが天国行の条件であると神みづからきめてゐるとすると、私は真の宗教は苛烈であるとふと痛感するのである」

白鳥のおののきは切支丹迫害史を読んだ現在の日本人がおそらく大部分感ずることであろう。そして亦、同時に当時の切支丹信徒や宣教師の心のなかに白鳥が抱いたようなこの疑問が起らなかったと、考えざるをえないだろう。当時の切支丹にも基督教はあまりに苛烈な宗教であり、その苛烈さに耐えうる強者のみがハライソに行け、弱者はその門から去らねばならぬのかと白鳥のように悩まなかったかと思うだろう。

しかしそのようなことを告白した信徒の記録は、今日まで発見された切支丹文献のなかにはない。宣教師たちは決して転んでもよいなどとは口には出さなかったであろうし、むしろ「殉教《マルチリヨ》の勧め」「殉教の心得」というような文書を信者たちにまわして、弱者がころぶことを戒めたのである。「只今を最後と定め給ふこと、デウスの御はからひなれば、遁る丶所にあらざる間、即ちデウスの御定めに身を委せ奉るべし。人間の身となり一度死する事は遁れざる道なれば以後、何たる最後にか逢はんといふ儀を知らず。今、此の如く覚悟確かにして死することは、却つてかたじけなきデウスの御恩なりと思ひとりてこの死する科《とが》おくりのさゝげ物とせば、その成敗は即ち科おくりとも又は大きな功力ともなる事也」

この考えは信徒たちに教えこまれた勧めではあったが、「殉教《マルチリヨ》の心得」のなかには苛責を受けた時の心得まではっきり教えている。「苛責を受くる間はゼススの御パッシヨン（受難のこと）を目前に観ずべし。デウスを始め奉り、サンタマリヤ、諸のアンジヨ、ベアト（天使、聖人のこと）天上より我戦を御見物なされ、アンジヨは冠を捧げ、わがアニマの出づることを待ちかね給ふを観ずべし。此の砌りに及んではデウスより各別の御合力あるべければ、深く頼もしき心を持つべし」

これらの教えは文書や口から信徒たちに伝わり、宣教師が捕えられたあとも、信者たちの組織した組講で唱えあい、覚悟をたがいに固めあったにちがいない。白鳥はこうした状況から「真の宗教は苛烈だ」と考えたのであろう。

だがこうした「殉教《マルチリヨ》の勧め」にかかわらず信徒の多くのものは転んだ。転んだ者たちは転びたくて転んだのではもちろんない。拷問や死の恐怖から転んだのである。そしてこういう転んだ者がその後どうしたかと言うことまで白鳥は考えなかったようだ。彼は基督教が転んだ者は見棄てたのだとあるいは決めていたのかもしれぬ。

転んだ者のなかには「信心戻し」と言って今一度、切支丹であることを宣言し、ふたたび拷問を受け、殉教した者もいる。しかし大部分の者は転んだあと、彼等が「異教徒《ゼンチヨ》」とよんだ仏教徒にさせられた。そしてそのまま基督教から遠ざかった者もいれば、あるいは周知のようにかくれ切支丹となって秘密裡に信仰を持続した者もいる。かくれ切支丹が他の地方より九州の長崎周辺に多いのは、五島列島や平戸島のように島が点在してほかよりも幕府の眼が届かなかったためである。

だが、かくれ切支丹の信仰は彼等の祖父や父の信仰とは本質的にちがう。彼等の信仰には三つの特徴がある。つまり彼等がその信仰を長くもちつづけたのは、(1)日本人特有の祖先愛着、⑵部落単位、⑶共犯者意識ということの三つの心理があったためである。第一に彼等が禁制後も切支丹の信仰を守りつづけたのはそれが自分の祖父、父母が信じた宗教だったという愛着があるためだ。かつてフランシスコ・ザヴィエルは、日本人たちは自分が切支丹に入れば祖先を見棄てることになると言って嘆きかなしみ、その祖先愛着が入信の妨げとなることを嘆じたことがあったが、今度はその祖先愛着が逆にかくれ切支丹の信仰を持続させたのだった。

第二の部落単位と言うことも彼等が秘密組織を組みたてる上に欠くべからざることで、司祭役、洗礼役、その他の役職を作って部落での洗礼式や告解や祈り《オラシヨ》の侍受を次の世代に教えていったのだった。

そしてかつて彼等が転ぶ時も個人個人というよりは部落全体であったように、浦上四番崩れに見られる如く信仰を守らねばならぬ時は部落全体が結束した。（四番崩れの時などは仲間を裏切って転んだ者は村八分にされて部落にも入れてもらえなかったそうである。）

だがかくれ切支丹の信仰がかつての切支丹信仰と最もちがう性格はそれが負い目をもつ者の信仰だと言うことである。勝利者の信仰ではなく敗残者の信仰だったと言うことである。なぜなら強かった者は殉教し、踏絵を踏むなり拷問に屈した弱かった者たちがその心の苛責にたえかねて、ひそかに自分が一度は棄てようとした信仰に再びすがりついた時、かくれ切支丹が生れたのである。彼等の出発点は裏切者、転び者、弱者であり、その暗いはじまりは、彼等の信仰に一つの性格を与えた。そしてその子孫たちも亦、ふたたび「信心戻し」を宣言して殉教《マルチリヨ》をする勇気さえなかった。毎年一度には必ず宗門改めという奉行所の命令があり、彼等は踏絵に心ならずも足をかけたのである。彼等の祖先は「転び者」だったが、その転び者の悲しみ、辛さはその祈りと共に子孫たちにも受けつがれたのである。彼等は白鳥のいうような秘密をいつも魂の裏側に持たねばならなかったのだ。

それは殉教者の信仰とはちがっていた。強者の信仰とは性格を異にしていた。神だけがかくれ切支丹の過去を知っており、審判の日、それを裁くかもしれなかった。かくれ切支丹にとってのデウスは怒る神、罰する神となるかもしれなかった。彼等はデウスの顔をまともに「見る能わず」(ヤコブ書)だったのである。白鳥の考えたような苛烈な基督教はたえず彼等の良心をくるしめ、それを疼かせたにちがいなかった。彼等にとっても亦白鳥の言葉通り「神は恐ろしい神」だったのである。

私は今日わずかに残っているマリア観音をみる時、このかくれ切支丹の、裏切者の、転び者のふかい哀しみをそこに感ぜざるをえない。彼等がなぜマリア観音を必要としたかが私にも多少わかるからである。

今日、長崎にいけばマリア観音なるものが古道具屋などで売りつけられる。もちろん偽物である。第一、マリア観音なる特殊なものが果してかくれ切支丹によって作られたか大いに疑問である。彼等は普通の子育観音、白衣観音を表面は仏教徒を装いながらこれをマリアに見たて祈ったというのが私の考えである。したがってそれがマリア観音であるか否かを識別するのは観音の外形ではなく、それがかくれ切支丹の所有か否かによるだけであって、この証拠がない限りこれをマリア観音だと断定することはできぬ。しかし問題はかくれ切支丹が、何故マリア観音をわざわざ必要としたかである。

望月信成氏の著書によれば観音はもともと男性であって女性でないと言う。しかし今日東京国立博物館に保管されている長崎地方のかくれ切支丹が所有していたマリア観音は童児をいだいていると否とにかかわらず、女性的な姿態、女性的な表情をもっている。そしてこれにひそかに祈っていた転び者の子孫たちもその白衣から聖母マリアのかぶっているヴェールを連想し、その胸の瓔珞《ようらく》からコンタツを思いうかべてこれを母性「マリア」にみたてたのである。

彼等はここに「母」のイメージをみた。彼等は「父」が怖しかったからである。転び者である彼等には自分たちの暗い過去、を知っているデウスがこわかった。この時、彼等にとってデウスは抽象的な姿ではなく、殉教した西欧の宣教師のイメージとなって感ぜられたにちがいない。「殉教のすすめ」を彼等に説き、自分自身も拷問に耐え、信仰を貫ぬいたこれら西欧宣教師がそのままデウスのイメージに重なりあったにちがいない。そしてその強い宣教師たちや強い信徒は転び者を怒り責めているように見えたにちがいない。だから彼等はこのきびしい「父《デウス》」のかわりに、自分たちをゆるし、その傷を感じてくれる存在を求めたのである。怒りの父ではなく、やさしい母親を必要としたのである。プロテスタントには聖母は重要な意味をもたぬ。しかしカトリックにとっては聖母は仲介者としての意味がある。聖母への祈りのなかに屡々「とりつぎ」という言葉があるのはそのためである。聖母は転び者たちとその子孫にとって、自分のために祈ってくれる母となったのである。

ここにおいてかくれ切支丹の基督教は「父」の宗教から「母」の宗教へ少しずつ移りはじめたのだと私は考える。白鳥のいう苛烈な基督教は転び者たちにとって、もはや耐えがたいものとなる。それは彼等に心の平安や和らぎを与える代りに過去の傷口をふたたび開き、その痛みを絶えず味わわさせるのだ。これに耐えられない転び者に道は二つしかない。転び者、荒木トマスやハビアンのように基督教を憎みそれを否定することに自分の存在を賭けるか、(この方法は共産党の転向者が往々にして取る道に似ている）あるいは基督教の内側にあって、もう一つの出口を見つけようとすることである。そしてかくれ切支丹たちのとった方法はこの後者である。それが父の宗教から母の宗教への移行であり、デウス礼拝よりはマリアへの崇拝となり、マリア観音を作りだす原因となったのである。

マリア崇拝はかくれ切支丹たちにとって仏教観をマリア像にみたてることだけではない。田北耕也氏の長年にわたる研究によれば、氏が二十数年にわたって調査したかくれ切支丹の納戸神のうち、一番多いのは聖母像、もしくは聖母を描いた絵だった。たとえば氏が三十数カ所で発見した納戸神のうち基督と信じられるような男を描いた肉筆画掛軸は六つだったのにたいし、聖母を描いたものは十七幅もあったのである。マリア観音の場合、仏教観音として役人警吏の眼を誤魔化しやすかったからその数も多いと言えるが、しかし画像の数も多いとなるとこれはかくれ切支丹がデウスよりもマリアに心をひかれたと考えざるをえぬ。したがってこの事実は彼等の基督教が司祭や修道士の指導を離れて日本化するにしたがい、「父の宗教」から「母の宗教」へと移行しはじめたことを示しているのだ。（後期に入るとこの日本化されたかくれ切支丹の信仰には神道や仏教の混合もみられるが、それについてはここでは触れない）

だがそれと共にこの移行は日本人である彼等の感覚にもあっていた。一般に日本庶民の宗教心理には意志的な努力の積み重ねよりは絶対者の慈悲にすがろうとする傾向が強い。つまり基督教精神学でいう恩寵重視の傾向でこれはカトリック的というよりはむしろプロテスタント的である。そして自分より大きなものの慈悲にすがろうとするこの心情の原型はあきらかに母にたいする子の心理である。浄土宗が庶民へ結びついたこの心理傾向を、我々はマリア観音に祈ったかくれ切支丹のなかにも見出せるのである。少くとも浄土宗は苛烈な修行や努力や殉教を命ずる父の宗教ではない。それは日本的な母の盲目愛、日本的母の包容力をもつ宗教である。庶民たちが念仏だけによって仏の慈悲にすがろうとしたごとく、転び者のかくれ切支丹は基督教のなかから父的な要素を切りすてて、マリアのとりつぎを、母親の愛を求めたのである。

「私は幼いころから誰から聞くともなく法然上人のことを聞いて親しみを覚えるやう

になつてゐたが、この上人の教へは安易でなつかしいやうに感ぜられてゐた。これも深入りして研究したらむづかしいのかもしれないが自分勝手に気楽な教へだと思つてゐた。それに比べると基督教は苛烈な教へである。『神は愛なり』と月並の讃美歌に歌ひつづけられてゐても、私にはそれに甘えてゐられなくなつた。それで私は洗礼を受けてゐやうと、また『我等の主なる基督よ』と朝に祈り夜に祈りしてゐても信者の破片《かけら》でもないやうに思はれだした。そして次第に教会にも遠ざかるやうになつた」

白鳥の書いたこの文章は、彼もまた日本人であるゆえ体質的に感覚的に「父の宗教」より「母の宗教」に心ひかれていることを証明している。白鳥が死んだ時、基督教徒として息を引きとったか、懐疑者として臨終を迎えたかが一時、論議されたが、我々にはそのどちらかか永遠に実証することはできまい。しかし彼が基督教を棄てたのは、この宗教を単純に「父の宗教」としか考えなかったためであることは先ほどまで引用した文章をみてもあきらかである。もし彼がその臨終において基督の名を呟いたとしたら、それは「父の宗教」ではなく「母の宗教」をそのなかに見つけたためではないだろうか。一人の人間の魂の秘密を軽々しく断定することは避けよう。しかし白鳥の心情のなかにはマリア観音に次第に心傾けていったかくれ切支丹と同じものがあったと私は考えるのである。

断っておくが基督教は白鳥が誤解したように父の宗教だけではない。基督教のなかにはまた母の宗教もふくまれているのである。それはたとえばマリアにたいする崇敬というようなかくれ切支丹的な単純なことではなく、新約聖書の性格そのものによって、そうなのである。新約聖書は、むしろ「父の宗教」的であった旧約の世界に母性的なものを導入することによってこれを父母的なものとしたのである。新約聖書のなかに登場する作中人物の多くはそのほとんどが転び者、もしくは転び者的な系列の人間であることに我々は注意したい。そしてペトロでさえカヤパの司祭館で基督を棄てたのである。鶏がなく時刻、彼も亦踏絵に足をかけたのだった。その時、夜のたき火の向うで基督のくるしい眼とそのペトロのおずおずとした眼とがあったのだった。

（『文藝』昭和四十二年一月号）

切支丹時代の智識人

長崎から平戸にかけての風景は幾度みても飽きない。もう何度も行った。ついこの間も三浦朱門と平戸まで行き、そこから小舟に乗って切支丹の処刑場だった中江ノ島という小島まで行ってきた。二人で「切支丹時代の智識人」という身のほど知らぬ勉強をやりはじめたからである。

切支丹時代は我々の国が、まともに西洋とぶつかった時代である。西洋のなかでも最も我々とは縁遠いあの基督教が、我々の国に直接ぶつかってきた。それ以外の西洋思想はほとんどこの時、吹きつけてこなかった。そこが同じ西洋の風を受けたにせよ、明治時代と切支丹時代の根本的な違いである。にもかかわらず、我々の間にはこの切支丹時代にたいする勉強があまりなされていない。白樺派や芥川龍之介の作品に僅かにとりあげられてはいるが、当時は文献もよいものがなかったし、彼等は一種のエキゾチズムでこの時代を眺めたにすぎぬような気がする。

この時代の智識人がどうこの西洋をうけとめたかと言うことは私には疼くような興味を起させる。身のほど知らぬとは思ったが、三浦とこの勉強を少しずつ始めた。ところが意外に次から次へと障碍が起った。文献が少いのである。高山右近などは別として、ローマまで行って帰国後、転んだ荒木トマス、すぐれた基督教論を書いた後、これも転んだ日本人ハビアン、天正使節としてヨーロッパまで行き後に殉教したり転んだ三人の使節、そうした連中の生涯さえ、ほとんどわかっていないのである。

殉教した智識人の生涯については上智大学チースリック教授の『キリシタン人物の研究』という名著があるが、棄教した人物については教会側もできるだけ黙殺しようとしたためか、また幕府も闇から闇に葬り去ろうとしたせいか、その生涯があきらかでない。小説ならばとも角、三浦と私とは事実を今、調べているのであるから、ほとほと困ってしまった。それでも、あっち、こっちの文献に二、三行ずつその人物について書いてあることをチースリック先生の指導や自分の手でつなぎあわせてみると、おぼろげながらその生涯の影がちょうどレントゲン写真の病巣のように浮びあがってくる。今のところはこの影をたよりに考えるより仕方がない。

日本側の智識人だけではなく、波濤万里、南蛮から日本に渡ってきた宣教師の中でも数奇な運命をたどった転び伴天連、フェレイラやキャラのような人物さえ、その生涯の全貌を知るのはなかなかむつかしい。

フェレイラは長与氏の『青銅の基督』に出てくる宣教師だが一五八〇年ポルトガル、シプレイラに生れ一六一〇年頃、日本にイエズス会宣教師として渡来、上方地方の地区長の職にあって廿三年間、かがやかしい布教活動をつづけた人物である。だが一六三三年、彼は当時の宗門奉行だった井上筑後守の手にかかり、汚物のつまった穴の中に逆さにつるされること五時間、遂にナムアミダブツという棄教の言葉を口に出した。以来、彼は長崎にて死刑囚、沢野某の名をもらい沢野忠庵と名のらされ、捕縛された外人宣教師の訊問通訳をさせられたことはあまりに有名である。この男はオランダ商館員の日記を見ると一六五〇年十一月五日に死んでいるから十七年間、呪われた生涯を生きつづけたのであるが、その十七年間、長崎で何をして何処にいたのか、はっきりしない。

昨年、三浦と長崎にいった時、長崎西勝寺という古寺で彼のサインのある証文を始めてみることができた。自分を「ころび伴天連、沢野忠庵」と書いている。その文字、まことにあわれだった。

この男や、その直後の一六四三年にフェレイラ雪辱のためにカンボジヤから渡日した伊太利シシリヤ宣教師キャラの生涯、また悲劇的である。彼もまた井上筑後守の手で転ばされ、岡本三右衛門という死刑囚の名とその女房を押しつけられ、江戸の切支丹屋敷で長い半生を送っている。「続々群書類従」にはこの切支丹屋敷の役人の勤務日誌が入っているが、それを読むと、三右衛門の孤独なわびしい毎日が眼にうかぶようである。

こういったさまざまな人物の生涯を一人一人たどって、三浦と本にしようと思っているのだが、これは苦しいけどやり甲斐のある勉強だ。もし当時の彼等についてどんなことでもいい何か貴重な事実をお知りの方があれば御教え頂くと有難いと思う。

（『展望』昭和四十一年一月号）

基督の顔

日本基督教出版部から発行された「美術作品に見るキリスト」という書物はもう少し注目されてもよい本である。

欧州の美術館を訪れた者は私のようにどんな素人でもすぐ次の二つのことに気がつく。それは第一に基督ほど各時代にわたって無数の芸術家から描かれた人間はいないということであり、第二に各時代によってその基督の顔や表情は変化していっているということだ。

この二つの事実は当然といえば当然だが実際ヨーロッパの主だった美術館や教会を一つ一つたとえ義務的にでもあれ足を運んだ者にはその都度、改めて実感されることなのである。到る所の首府や主だった美術館にはその国の、各時代の聖絵が眼につかぬ時はない。同じ時代の芸術家たちが同じ主題で飽きもせず基督の生涯を描いたのは云うまでもなく中世からルネッサンスにかけてが量においても最高だろうが、それ以後の時代でさえも基督の顔が美術作品の対象にならなかった時はない。しかし、その基督の顔は云うまでもなく、それぞれの時代によって変化している。

　先にあげた「美術作品に見るキリスト」は日本で上梓されたこの種の研究書のただ一つの本であるが、難を言えば三人の解説者の立場や視点がバラバラなため、芸術論から言っても考察に価するこの好箇の対象の視点がきまらず、限られた枚数のために詳細なものを衝《つ》いていないことである。それと図版の整理が時代別（中世なら中世）ではなく主題別（最後の晩餐なら最後の晩餐）を主にしている関係上、基督の表情の変化を我々がヨーロッパの大きな芸術の河のなかで摑みにくいこと、更に基督の顔を知るため欠くべからざる彫刻の図版が少い点などである。けれどもこうした主題をとりあげてくれた本は今までに日本に一冊もなかった時、これを発行した出版社と解説者とに私は心から感謝したいと思う。

ヨーロッパに行って私がああ、来て損をしなかったと思ったことの一つは、ながい芸術の潮流を兎も角も眼でみることができたことである。芸術の潮流などというと大袈裟になるが、勿論この場合は文学作品の歴史的変遷をさすのではない。ホメロスから始まって現代文学に至るまで各時代の一流作品を時代別に読みつくすことなどはとても時間的にも我々には出来るものではない。けれども絵画や造形美術になると、ヨーロッパのように美術館のよく整備された所では、だれだってすぐ足を運ぶことができる。この眼で直接、ナマの作品に接することができる。それよりも人影のない美術館のなかで、あまたの絵画の並べられた長い通廊の真中にたっていると――そう、ながい、ながい芸術の潮流に自分が足を入れているような気がしてくるのであった。

たとえば、巴里のトロカデロの下宿の近所に美術館があった。ここには仏蘭西のローマ時代からルネッサンス初期までの教会造型美術の複製が各時代別に陳列されていた。複製といってても実物を石膏でとり、それからそのまま複製したのであるから原作品とほとんど形態のちがいはない。仏蘭西の各地にちらばっている古い有名な教会の造形美術のコッピイはほとんどここで見られると言ってよかった。

下宿にちかいから暇があるたび私はこの美術館を見にいった。もとよりその方面には識るところの少い私であるから、専門的に見る能力などある筈がない。

だが、二回、四回、六回と暇つぶしにここにくるたびに私のような者にも何か感ずるものができてくる。それは同じ基督や天使や聖母の表情がローマ時代からゴシック、バロックの各時代によって少しずつ変化していくことである。ローマ時代からゴシック初期にかけてを支配しているのは私の眼には「運命」であるように思われた。王は王で王の重い運命を背負い、その眼はただ自分の重さをじっと凝視しているのである。使徒は使徒で彼も自分の定められた道に殉じねばならぬごとく、その運命を肩に負っている。受胎告知の聖母の表情も不安やおののきというアンジェリコ風の人間的なものではなく、もっと宿命的な重くるしさで、天使の告げを引きうけているようにみえる。

基督の顔に至ってはもっと微妙である。元来、基督の顔があのような威厳ある鬚《ひげ》をもった東方的な容貌として作られた原形は四世紀以後といわれ、それまでの彼の顔はもっとギリシャ的な若々しい青年のように描かれていたのである。だがその東方的な顔もこの頃は同じように自分の大きな運命を背負い、その大きな運命をじっと凝視する存在として作られているのだ。

ゴシック初期の使徒像や基督の表情や聖母を集めた広間を歩く時、私はなぜこの時代の芸術がこのような大きな運命を背負った像を作ったかを思った。今ここでは書かぬがそれは所謂、歴史家や社会学者が通常、簡単に割切るようなダーク・エイジとか封建制社会だけでは決してないと私は思うのである。

だがこの重い広間をある雨上りの夕暮、もっと奥まで歩いている時だった。私は急に今まで薄暗かった広間に突然、白いほのかな光がさしこんだような気がしたのである。けれどもそれは現実に雨あがりの陽の光がさしこんだのではなかった。それはその広間にあの有名なランスの教会の「微笑の天使」像がおかれていたためだったのである。ルネッサンスの朝がたの光がこの「微笑の天使」像を通して広間にさしこんでいたのだ。重い運命をしっかり背負ったきびしい使徒や基督像から突然、やわらかな微笑の天使の像に移る時の悦びを私はまるで自分がその頃の人間であったかのように味うことができた。

マルロオはこの「微笑の天使」がランスの教会に作られた時代を「あまりに短かき微光」といっているが、しかし、このあまりに短かき微光こそ、それ以後のバロック時代の情熱の誇張にも歪められぬ一瞬であろう。天使だけでなく、あれほど運命的な重さをもった基督も聖母もこの広間だけでは突然、同じ威厳を保ちながら、乳色の朝の微笑を唇に漂わせているのだ。

私はなにもここで自分のよく知らぬ美術のことなど書く筈ではなかったし、その能力もないことを知っている。しかし私がこの広間から広間をめぐりながら味えた悦びは大きな芸術の河の中で、その潮流に身を委せている悦びである。芸術の河——各時代の各々の芸術家がそれぞれの時代の作ったものは決してバラバラな作品ではないことがこの河の中に足を入れる時、私にはなにか、わかるような気がした。基督の顔一つをとってもそこには各々の時代によって微妙なちがいが創られていく。

そのちがいは各時代の苦悩や憬れがちがうからである。各時代はそれぞれの苦悩や憬れを持ち、芸術家は自分の時代の苦悩や憧憬を基督の顔に結晶させようと試みたからである。基督の顔一つを時代ごとに美術館で追うにつれ、私にさえもおぼろげながら各々の世紀の苦悩や憧憬のつまり長い世紀にわたる芸術の大きな流れにふれえたような気がしたのだった。

こうした芸術の大きな河は勿論、私などには全部つかめる筈はない。だがつかめないにしろ、その中に一瞬でも身をおけたような感じをえたこと、その河を見失うまいと考えること——それは兎も角も日本のように移りかわりの烈しい場所に住む私にとってはよかったと思ったのである。

（『文学界』昭和三十五年五月号）

ユダと小説

三年前、エルサレムを訪れたが、ユダが基督を売ったのち「往きて縄を以て自らを縊《くび》った」場所を是非たしかめておきたいと思った。その場所は血の畑《ハケルダマ》と呼ばれ、今日でもエルサレムの町をかこむ城壁から遠からぬ地点にあった。即ち「ゲヘナの火に焼かるより」という基督の言葉で有名なゲヘナの端にある。ゲヘナの火とは地獄の炎を連想さすが、ここは元来、エルサレムの町の塵芥を焼いたところである。

ゲヘナから血の畑におりる場所は褐色の崖にかこまれた谷であり顔を黒い布で覆った女に一度あった以外は、誰もみなかった。もちろんユダが自らを縊った樹はないが、まひるの谷はぶきみなほど静まりかえっている。

ユダは聖書のなかで最も奇怪な暗黒的な人物である。それはユダ自身の心理が謎めいているだけでなく彼にたいする基督の心理も更に謎めいているからだ。そして彼と基督との関係が謎めいていればいるほどこの人物は我々のさまざまな想念を疼かせるが、この理解困難な人物を主人公に扱った西欧の小説を私は未だ読んだことがない。(もしあったら是非、御教示いただきたい)基督教の作家たちでこの主題をそのまま取りあげた人も私は未だ知らない。

第一にユダは十二使徒のなかで端役ではない。福音書のなかでもたとえば聖ヨハネなどはユダを極端に嫌悪と憎悪をもって無視しようとしているが、しかしユダの演じた役割は基督の生涯という劇のなかで最も大きな傍役となっていることを否定することはできない。率直にいえばユダは基督の大きな運命の輪を閉じるために欠くべからざる人間だったのだ。そしてふしぎなことには基督ははじめからこの事を予感していたのであり、ユダの裏切りを自分の劇の最終部分におくことを知っていたのである。

だがこのような重要な人物であるにかかわらず聖書学者たちもユダの出身地や過去

の経歴を詳しくすることはできなかった。彼はイスカリオテのユダとよばれた関係上、イスカリオテという場所がその出生地という説もあるが、この場所が何処にあるかわからない。有名なエルサレム戦争の記録をのこしたフラヴィウス・ジョゼフ Flavius Josèphe はユダの出身地をカリオツだと述べているが、これも確証がないのだ。

ユダがいつ、どのように基督と遭遇したのかもわからない。たとえばヨハネや、アンドレア、シモンなどのような弟子と基督の出会いは福音書のなかに鮮やかに描かれているがユダの名がはじめて明らかになるのは二九年の二月に基督が十二使徒《シャルハー》を召命した時である。ユダの名はこの時から基督をとりまく一群のなかに記述されるのみならず、彼はこれらの一群の会計をあずかる仕事を引きうけたのである。

ユダは基督の劇の最終の場で有名な最後の晩餐と裏切りの接吻を行う重大な役を与えられるが、その前にも一度、舞台に登場している。それは彼が十二使徒となった翌年の四月のことである。

その時基督はベタニアの町により、かつて癩病だったシモンという男の家で食事をしていた。マルコ聖福音書は次のように書いている。

「基督ベタニアにありて癩者シモンの家にて食事に就き給えるに、一人の女、価高きナルドの香油を盛りたる器を持ちきたり、その器を破りて彼が頭に注ぎしかば、ある人、心に憤りて、何の為に香油を斯《かく》は費したるぞ。香油は三百デナリオ以上に売りて貧者に施しえたりしものをと云いて身顫《みぶる》いしつつこの女を怒りたるに……」

この高価な油を基督の頭に注いだのはマルタの妹、マリアであり、一説によるとかつて娼婦だった女、あるいはマグダレナのマリアだったとも言うが今、それは問題ではない。この女を「身顫いしつつ怒った男」を聖ヨハネは「基督を売るべきイスカリオテのユダだ」と言っている。

この場面は多少、註釈を要する。高価な油を客人に注ぐのは多少、奇異な行為にみえるが当時のユダヤの風習では主賓の名誉のために香油を注ぐのは厚い饗応の一つだったのである。その女の行為を身ぶるいしつつ怒ったのは今かいたように聖ヨハネはユダとはっきり名指しているが、聖マテオはユダという一人の男の名ではなく多くの

「弟子たち」という複数で記述しているのだ。この記述のちがいは私にはむしろヨハネのユダにたいする感情を良くあらわしているように思える。ヨハネは他の弟子たちより以上にユダにたいする嫌悪や憎しみが強かったのだ。彼の筆が師を売ったこの仲間を描く時は、他の福音書より、烈しい言葉を使っている。おそらくこの時、女の行為を非難したのはユダだけでなく、彼をふくめた弟子たちの多くだったのだろう。あまりにも貧しい旅行を続けた彼等には（彼等は多く塩をふったパンと少しばかりの葡萄と蜜とナツメの実で飢をしのぎ、大部分の夜はオリーブか楓の木の下でマントに体を包んで野宿したのである。基督は彼等が金、銀を持つことも旅嚢も二枚の下着も杳も杖も持つことを許さなかった）三百デナリオの香油はあまりに高価すぎた。

この場面に一度登場するユダはしかし基督の劇では既に暗い伏線としてひめられているのである。伏線は既にその前年にかくされている。ユダヤ人たちはその前から基督を暗殺する計画をひそかにたてていた。司祭長や律法学士、ファリザイ人たちは基督とその一行に間諜をはなち、彼等が罠にかかるのを待っていた。聖書のなかで基督がユダヤ人やファリザイ人たちと討論もしくは問答をする場面が屢々出てくるが、これは単純な討論ではない。迫害者たちの放った間諜が群衆を煽動すべく基督にかけた罠なのである。それらの対話はことごとく、危険にみちたものであり、まかりまちがえば基督を裁断する口実を与えるものだったのだ。

迫害者たちは間諜を放つだけではない。基督はそれまで既に二回にわたって暗殺されかけた。二八年の五月、彼は断崖から落されようとしている。その翌年の十二月エルサレムの神殿で彼は石によって打ち殺されるところだった。ヨハネ福音書はこれら迫害者が兇暴な意志を実行にうつそうとしたことをはっきり記述しているのだ。だがその頃、基督は自分を殺すものを予感しつつ、ふしぎな言葉を洩らしたのである。それはトラコニチドから帰って間もなくである。

彼は自分を殺すものが司祭長や律法学士など公然の敵だけではなく、自分の弟子のなかにあることを洩らしたのだった。

「汝等の内、一人は悪魔なり」

しかし勿論、この時、彼はユダの名を呟いたのではない。自分の劇が血と死とで終る惨劇だと基督ははじめから知っていたが、その暗い伏線が他からではなく内にひそんでいることを洩らしたのである。弟子たちはもちろんその言葉を信じない。ユダさえもその伏線が自分自身であるとは思ってもみない。しかし雪崩は急激な谷を既に動きだしていたのである。

ユダの名が遂に基督の口から洩れるのは言うまでもなく、四月六日の最後の晩餐の時だ。基督とユダとの断片的な会話はあまりに有名だからここで繰りかえす必要はないであろう。

四月五日、つまり最後の晩餐の前日、ユダは迫害者たちとひそかに会った。ということは彼が遂に基督を裏切る気持に陥ちていったということである。それまでの心理は我々がいかようにも想像しうるが、彼はこの日、遂に心理ではなく行為を果したのだ。彼が基督を裏切るためにもらった金は銀三十枚だが、これは服一着をせいぜい買うほどの額だったという。

この行為を知っていたのは勿論、基督だけで弟子たちは全く気づきもしなかった。それは最後の晩餐で基督が二度にわたって暗示したのにかかわらず、彼等は驚愕と不安とをもってこの言葉を耳にしている点でよくわかる。彼等は顔をみあわせ、たがいに相手をさぐりあい、そして「誰なるか」と問う。最後に基督はユダにパンを与えて言う。「その為すところが速かに為せ」「ユダは……直ちに出でゆきしかば、時は既に夜なりき」

時は既に夜なりき。この描写は実に鮮やかである。ユダは憑かれたように闇のなかを裸の足をうごかして迫害者たちのもとに歩いて行く。彼は孤独である。もはや彼は自分をとどめることはできぬ。この時、彼は自分が基督を売らねばならぬこと、そしてそのあとでその金を地に投げすて、自らの生命を断つという運命から逃れられぬことも感じていたにちがいない。そしてこの歯車にまきこまれていく自分の一歩一歩を知っていたにちがいない。だが何故であろう。

疑問はいくつも次から次へと起る。第一の謎は基督がなぜ、ユダの裏切りを予知しつつ最後の瞬間までこの男をそばにおいたかと言うことだ。言いかえれば十二使徒のなかに自らの劇を血で終らせる男をどのように必要としたかということだ。そして基督はなぜ彼を救わなかったかと言うことだ。

基督の劇のなかでユダが演ずる役割はユダ自身の基督にたいする心理より、基督のユダにたいする心理のためにより謎めいてくる。

ユダの心理を基督教の作家であり、優れた「基督伝」を書いた、D・ロップスは「それは愛だったのではなかろうか。時として嫉妬の炎に焼かれて極端に走る排他的な情熱、憎しみに近い愛である」と分析している。モウリヤックは「イエズスの生涯」のなかでこのロップスと同じ観点からユダの心理を描いているのだ。

しかしユダの心理よりも更に重要なのは基督のユダにたいする心理である。彼はユダを憎んだのか。愛したのか。この謎はユダの心理をとくより更に困難であり、西欧の作家がユダを主人公にして小説を書けなかったのはむしろ基督のこの男に対する感情があまりに深いせいであろう。しかし、我々にわかるこの問題の鍵は最後の「行きて速かに汝の為すところを為せ」という言葉であろう。人間のどうにもならぬ業を基督は知っていたのであり、この業を肯定もしていたのであろう。

（『風景』昭和三十七年十二月号）

母なるもの

夕暮、港についた。

フェリー・ボートはまだ到着していない。小さな岸壁にたつと、藁屑や野菜の葉っぱの浮いた灰色の小波が、仔犬が水を飲むような小さな音をたてて桟橋にぶつかっていた。トラックの一台駐車した空地の向うに二軒の倉庫があり、その倉庫の前で男が燃やしている焚火の色が赤黒く動いている。

待合室には長靴をはいた土地の男たちが五、六人ベンチに腰かけて切符売場があくのを辛抱づよく待っている。足もとには魚を一杯つめこんだ箱や古トランクがおいてあったが、その中に、鶏を無理矢理に押しこんだ籠が転がっていた。籠の隙間から、鶏は首を長くだして苦しそうにもがいている。ベンチの人たちは私に時々、探るような視線をむけながら、だまって坐っている。

こんな光景をいつか、西洋の画集で見たような気がする。しかし誰の作品か、何時《いつ》見たのかも思いだせぬ。

海の向う、灰色に長くひろがった対岸の島の灯がかすかに光っている。どこかで犬が鳴いているがそれが島から聞えるのかこちら側なのかわからない。

灯の一部だと思っていたものが、少しずつ動いている。それでやっと、こちらに来るフェリー・ボートだと区別がついた。ようやく開いた切符売場の前に、さっきベンチに腰かけていた長靴の男たちが列をつくり、そのうしろに並ぶと魚の臭いが鼻についた。あの島では、たいていの住人は半農半漁だと聞いている。

どの顔も似ている。頰骨がとび出ているせいか、眼がくぼんで、無表情で、そのため何かに怯えているようにみえるのだ。つまり狡さと臆病さとが一緒になってこの土地の人のこの怯えた顔を作りだしているのだ。そう思うのは、私が今から行く島について持っている先入観のせいなのかも知れぬ。なにしろ江戸時代、あの島の住人は、貧しさと重労働とそれから宗門迫害とで苦しんできたからだ。

やっと、フェリー・ボートに乗り、港を離れることができた。一日に三回しか、九州本土と、この島との間には交通の便がない。二年前までは、このボートも朝晩おのおの一度しか往復していなかったそうである。

ボートと言っても伝馬船のようなもので椅子もない。自転車や魚の箱や古トランクの間で乗客は窓から吹きこむ冷たい海風にさらされたまま立っている。東京ならば愚痴や文句を言う人も出ようが、誰もだまっている。聞えるのは船のエンジンの音だけで、足もとに転がった籠のなかで鶏までウンともスンとも言わない。靴先で少しつつくと、鶏は怯えた表情をした。それがさっきの人たちの表情に似ていておかしかった。

風が更に強くなり、海も黒く、波も黒く、私は幾度か煙草に火をつけようとしたが、いくらやっても、風のためマッチの軸が無駄になるだけで唾にぬれた煙草は船の外に放り棄てた。もっとも風のため船のどこかへ、転がったかもしれぬ。今日半日、バスにゆられて長崎からここまで来た疲労で肩がすっかり凝り、眼をつぶってエンジンの音をきいていた。

エンジンの響きが幾度か真黒な海のなかで急に力なくなる。すぐまた急に勢いよく音をあげ、しばらくして、また、ゆるむ。そういう繰りかえしを幾回も聞いたあと、眼をあけると、もう島の灯がすぐ眼の前にあった。

「おーい」

呼ぶ声がする。

「渡辺さんはおらんかのオ。綱を投げてくれまっせ」

それから綱を桟橋に投げる重い鈍い音がひびいた。

土地の人たちのあとから船をおりた。つめたい夜の空気のなかには海と魚との匂いがまじっている。改札口を出ると、五、六軒の店が、干物や土産物を売っている。このあたりでは飛魚を干したアゴという干物が名物だそうである。長靴をはいた、ジャンパー姿の男がその店の前で、改札口を出てくる我々をじっと見つめていたが、私の

方に近よってきて、

「御苦労さまでござります。先生さまを教会からお迎《むけ》えにあがりました」

こちらが恐縮するほど、頭を幾度もさげ、それから、私の小さな鞄を無理矢理にひったくろうとした。いくら断っても、鞄をつかんだまま離さない。私の手にぶつかった彼の掌は、木の根のように大きく、固かった。それは私の知っている東京の信者たちの湿ったやわらかな手とちがっていた。

いくら肩を並べて歩こうとしても、彼は頑なに一歩の距離を保って、うしろから、ついてきた。先生さまと言われたさっきの言葉を思いだして私は当惑していた。こう言う呼び方をされると土地の人は警戒心を持つようになるかもしれない。

港から匂っていた魚の臭いは、どこまでも残っていた。その臭いは、両側の屋根のひくい家にも、狭い道にも長い長い間、しみついているように思えた。さっきとは全く反対に、今度は左手の海のむこうに、九州の灯がかすかにみえる。私は、

「お元気ですか、神父さんは。手紙をもらったので、すぐに飛んで来たんだが……」

うしろからは何の返事もきこえない。なにか気を悪くさせたのか、と気をつかったが、そうではないらしく、遠慮をして無駄口をたたかぬようにしているのかもしれぬ。あるいは長い昔からの習性で、ここの土地の者たちはむやみにしゃべらぬのが、一番、自分の身を守る方策と考えているのかもしれない。

あの神父には、東京であった。私は当時、切支丹を背景にした小説を書いていたので、ある集まりで九州の島から出てきた彼に自分から進んで話しかけた。その人もまた眼がくぼみ、頬骨のとび出たこのあたりの漁師特有の顔をしていた。東京のえらい司祭や修道女たちの間にまじってすっかり怯えたせいか、話しかけても、ただ強張った表情をして、言葉少なく返事する点が、今、私の鞄をもっている男とそっくりだった。

「深堀神父を知っておられますか」

その前年、私は長崎からバスで一時間ほど行った漁村で、村の司祭をやっている深堀神父に随分、世話になった。浦上町出身のこの人は海で私に魚つりを教えてくれた。

まだ頑として再改宗しない、かくれの家にもつれていってくれた。言うまでもなくかくれ切支丹たちの信じている宗教は、長い鎖国の間に、本当の基督教から隔たって、神道や仏教や土俗的な迷信まで混じりはじめている。だから長崎から五島、生月《いきつき》に散在している彼等を再改宗させることは、文久に渡日したプチジャン神父以来、あの地方の教会の仕事である。

「教会に泊めてもらいましてね」

話の糸口を引きだしても、向うは、ジュースのコップを固く握りしめたまま、はい、はいとしか返事をしない。

「おたくの管区にも、かくれ切支丹はいるのですか」

「はい」

「この頃は、連中、テレビなどで、写されて収入になるもんだから、次第に悦びだしましたね。深堀神父の紹介した爺さんなどは、まるで、ショーの説明役みたいでしたが。そちらの、かくれ切支丹はすぐ会ってくれますか」

「いや、むつかしか、とです」

それで話は切れて私は彼から離れて、もっと話しやすい連中のところに行った。

だが、思いがけなくこの朴訥な田舎司祭から一カ月前、手紙がきた。カトリック信者が必ず使う「主の平安」という書きだしから始まるその手紙には、自分の管区内に住んでいるかくれたちを説得した結果、その納戸神やおらしょ（祈り）の写しを見せるそうだというのが手紙の内容だった。字は意外と達筆だった。

「この町にもかくれは住んでますか」

うしろをふりむいて、そうたずねると、男は首をふって、

「おりまっせん。山の部落に住んどるとです」

半時間後ついた教会では、入口の前に、黒いスータンを着た男が手をうしろに組んで、自転車をもった青年と一緒に立っていた。

一度だけだが前にともかく、会ったので、こちらが気やすく挨拶すると、向うは少し当惑したような表情で、青年と迎えに来てくれた男を見た。それは私が迂闊だったた

のである。東京や大阪とちがって、この地方では、神父さまはいわばその村では村長と同じように、時にはそれ以上に敬われている殿さまのような存在だということを忘れていたわけだ。

「次郎。中村さんに、先生が来たと」と司祭は青年に命令した。「言うてこいや」青年は恭《うやうや》しく頭をさげて自転車にまたがると、闇のなかにすぐ消えていった。

「かくれがいる部落はどちらですか」

私の質問に、神父は、今来た道とは反対の方向を指さした。山にさえぎられているのか灯もみえない。かくれ切支丹たちは、迫害時代、役人の眼をのがれるために、できるだけ探しにくい山間や海岸に住んだのだが、ここも同じなのにちがいない。明日はかなり、歩くなと、私はあまり強くない自分の体のことを考えた。七年前に私は胸部の手術を受けて直ったものの、まだ体力には自信がないのである。

母の夢をみた。夢のなかの私は胸の手術を受けて病室に連れてきたばかりらしく、死体のようにベッドの上に放りだされていた。鼻孔には酸素ボンベにつながれたゴム管が入れられて、右手にも足にも針が突っこまれていたが、それはベッドにくくりつけた輸血瓶から血を送るためだった。

私は意識を半ば失っている筈なのに、自分の手を握っている灰色の翳が、けだるい麻酔の感覚のなかでどうやら誰かかはわかっていた。それは母だった。病室にはふしぎに医師も妻もいなかった。

そういう夢を、今日まで幾度か見た。眼が醒めたあと、その夢と現実とがまだ区別できず、しばらく寝床の上でぼんやりしているのも、それから、やっとここが三年間も入院した病室のなかではなく自分の家であることに気づいて、思わず溜息をつくのも何時ものことだった。

夢のことは、妻には黙っていた。実際には三回にわたるその手術の夜、一睡もしないで看病してくれたのは、妻だったのに、その妻が夢のなかには存在していないのが申し訳ない気がしたためだが、それよりもその奥に自分も気づいていないような、私と母との固い結びつきが、彼女の死後二十年もたった今でも、あるのが夢に出て厭だったからである。

精神分析学など詳しくはない私にはこうした夢が一体、なにを意味するのか、わからない。夢のなかで母の顔が実際にみえるわけではない。その動きも明確ではない。あとから考えれば、それは母らしくもあるが、母と断定できもしない。ただそれは、妻でもなく、附添婦でも看護婦でもなく、もちろん医師でもなかった。

記憶にある限り、病気の時、母から手を握られて眠ったという経験は子供時代にもない。平生、すぐに思いだす母のイメージは、烈しく生きる女の姿である。

五歳の頃、私たちは父の仕事の関係で満州の大連《たいれん》に住んでいた。はっきりと瞼に浮ぶのは、小さな家の窓からさがっている魚の歯のような氷柱《つらら》である。空は鉛色で今にも雪がふりそうなのに雪は降ってはいない。六畳ほどの部屋のなかで母はヴァイオリンの練習をやっている。もう何時間も、ただ一つの旋律を繰りかえし繰りかえし弾いている。ヴァイオリンを腭《あご》にはさんだ顔は固く、石のようで、眼だけが虚空の一点に注がれ、その虚空の一点のなかに自分の探しもとめる、たった一つの音を摑みだそうとするようだった。そのたった一つの音が摑めぬまま彼女は吐息をつき、いらだち、弓を持った手を絃の上に動かしつづけている。私はその腭に、褐色の胼胝《たこ》がまるで汚点のようにできているのを知っていた。それは、音楽学校の学生の頃から、たえず、ヴァイオリンを腭の下にはさんだためだったし、五本の指先も、ふれると石のように固くなっていた。それはもう幾千回と、一つの音をみつけるために、絃を強く抑えるためだった。

　小学生時代の母のイメージ。それは私の心には夫から棄てられた女としての母である。大連の薄暗い夕暮の部屋で彼女はソファに腰をおろしたまま石像のように動かない。そうやって懸命に苦しみに耐えているのが子供の私にはたまらなかった。横で宿題をやるふりをしながら、私は体全体の神経を母に集中していた。むつかしい事情がわからぬだけに、うつむいたまま、額を手で支えて苦しんでいる彼女の姿がかえってこちらに反射して、私はどうして良いのか辛かった。

秋から冬にかけてそんな暗い毎日が続く。私はただ、あの母の姿を夕暮の部屋のなかに見たくないばかりにできるだけ学校の帰り道、ぐずぐずと歩いた。ロシヤパンを売る白系ロシヤの老人のあとを何処《どこ》までもついていった。日がかげる頃、やっと、道ばたの小石を蹴り蹴り、家への方角をとった。

「母さんは」ある日、珍しく私を散歩につれだした父が、急に言った。「大事な用で日本に戻るんだが……お前、母さんと一緒に行くかい」

父の顔に大人の嘘を感じながら、私はうんと、それだけ、答え、うしろからその時も小石をいつまでも蹴りながら黙って歩いた。その翌月、母は私をつれて、大連から、神戸にいる彼女の姉をたよって船に乗った。

中学時代の母。その思い出はさまざまあっても、一つの点にしぼられる。母は、むかしたった一つの音をさがしてヴァイオリンをひきつづけたように、その頃、たった一つの信仰を求めて、きびしい、孤独な生活を追い求めていた。冬の朝、まだ凍るような夜あけ、私はしばしば、母の部屋に灯がついているのをみた。彼女がその部屋のなかで何をしているかを私は知っていた。ロザリオを指でくりながら祈ったのである。それからやがて母は私をつれて、最初の阪急電車に乗り、ミサに出かけていく。誰もいない電車のなかで私はだらしなく舟をこいでいた。だが時々、眼をあけると、母の指が、ロザリオを動かしているのが見えた。

暗いうち、雨の音で眼がさめた。急いで身支度をすませ、この平屋の向い側にある煉瓦づくりのチャペルに走っていった。

チャペルはこんな貧しい島の町には不似合なほど洒落ている。昨夜、神父の話を聞くと、この町の信者たちが石をはこび、木材を切って二年がかりで作ったのだそうである。三百年前、切支丹時代の信徒たちもみな、宣教師を悦ばすために、自分らの力で教会を建築したというが、その習慣はこの九州の辺鄙な島にそのまま受けつがれているのである。

まだ薄暗いチャペルのなかには、白い布をかぶった三人の農婦が、のら着のまま跪いている。作業着をきた男たちも二人ほどいた。祈禱台も椅子もない内陣でみんな畳の上で祈っているのである。彼等はミサがすめばそのまま鍬をもって畠に行くか、海に出るようだった。祭壇では、あの司祭が、くぼんだ眼をこちらにむけてカリスを両手でかかえ、聖体奉挙の祈りを呟いている。蠟燭の灯が、大きなラテン語の聖書を照らしている。私は母のことを考えていた。三十年前、私と母とが通った教会とここ
が、どこか似ているような気がしてならなかった。

ミサが終ったあと、チャペルの外に出ると雨はやんだが、ガスがたちこめている。昨夜、神父が教えてくれた部落の方角は一面に乳色の霧で覆われ、その霧のなかに林が影絵のように浮んでいる。

「こげん霧じゃとても行けんですたい」

手をこすりながら神父は私のうしろで呟いた。

「山道はとても滑るけん。今日は一日、体ば休められてだナ、明日、行かれたらどうですか」

この町にも、切支丹の墓などがあるから、午後から見に行ったらどうだというのが神父の案だった。かくれたちのいる部落は山の中腹だから、土地の者ならともかく、片肺しかない私には雨に濡れて歩く肺活量はなかった。

霧の割れ目から、海がみえた。昨日とちがって海は真黒で冷たそうだった。舟はまだ一隻も出ていない。白い牙のように波の泡だっているのが、ここからでも良くわかる。

朝食を神父とすませたあと、貸してもらった六畳の部屋で、寝ころんだまま、この地域一帯の歴史を書いた本を読みかえした。細かい雨がふたたび降りつづけ、その砂のながれるような音が部屋の静けさを一層ふかめる。壁にバスの時刻表がはりつけてあるほかは何もない部屋だ。私は急に東京に戻りたくなった。

記録によるとこの地方の切支丹迫害が始まったのは一六〇七年からでそれが一番、烈しくなったのは一六一五年から一七年の間である。

ペトロ・デ・サン・ドミニコ師

マチス
フランシスコ五郎助
ミゲル新右衛門
ドミニコ喜助

それらの名は、私が今いるこの町が一六一五年に殉教した神父、修道士だけを選んだものだが、実際には名もない百姓の信者、漁師の女のなかにも、教えのため命を失った者が、まだまだ沢山いたかも知れない。前から切支丹殉教史を暇にまかせて読んでいるうちに、私は、一つの大胆な仮説を心のうちにたてるようになった。これらの処刑は、一人一人の個人によりも部落の代表者にたいして見せしめのために行われたのではないかという仮定である。もっともこれは当時の記録が裏うちをしてくれぬ限り、いつまでも私の仮定にすぎないが、あの頃の信徒たちは一人一人で殉教するか背教するかを決めたよりは、部落全体の意志に従ったのではないかという気がするのである。

部落民や村民の共同意識は今よりずっと血縁関係を中心にして強かったから、迫害を耐えしのぶのも、屈して転ぶのも、一人一人の考えではなく、全村民で決めたのではないかというのが、前からの私の仮定だった。つまりそうした場合、役人たちも信仰を必死に守る部落民を皆殺しにすれば、労働力の消滅になるので、代表者だけを処刑する。部落民側も部落存続のため、どうしても転ばざるをえない時は全員が棄教する。その点が日本切支丹殉教と外国の殉教の大きなちがいのような気がしていたのである。

南北十粁《キロ》、東西三・五粁のこの島には往時、千五百人ほどの切支丹がいたことは記録でわかっている。当時、島の布教に活躍をしたのは、ポルトガル司祭カミロ・コンスタンツォ神父で、彼は一六二二年に田平《たびら》の浜で火刑に処せられた。薪に火がつけられ、黒い煙に包まれても、彼の歌う讃美歌「ラウダテ」は群集にきこえたという。それを歌い終り、「聖なる哉《かな》」と五度大きく叫び彼は息たえた。

百姓や漁師の処刑地は島から小舟で半時間ほど渡った岩島という岩だらけの島だっ

た。信徒たちはその小島の絶壁から、手足を括られたまま、下に突きおとされた。最もその迫害がひどかった頃には、岩島で処刑される信徒は月に十人をくだらなかったそうである。役人たちも面倒がり、時にはそれらの何人かを菰《こも》に入れて、数珠つなぎにしたままつめたい海に放りこんだ。放りこまれた信徒たちの死体は、ほとんど見つかっていない。

昼すぎまで、島のこんな悽惨な殉教史を再読して時間をつぶした。霧雨はまだ降りつづけている。

昼食の時、神父はいなかった。日にやけた、頰骨の出た中年のおばさんがお給仕に出てくれた。私は彼女のことを漁師のおかみさんぐらいに考えていたのだが、話をしているうちに、なんと、おばさんは生涯を独身で奉仕に身を捧げる修道女だと知って驚いた。修道女といえば、東京でよく見かけるあの異様な黒い服を着た女たちとばかり思っていた私は、俗称「女部屋」とこのあたりで言われている修道会の話を初めて聞いた。普通の農婦と同じように田畠で働き、託児所で子供の世話をし、病院で病人をみとり、集団生活をするのがこの会の生活で、おばさんも、その一人だそうである。

「神父さまは不動山のほうにモーターバイクで行かれましたけん。三時頃、戻られるとでしょ」

彼女は雨でぬれた窓のほうに眼をやりながら、

「生憎《あいにく》のわるか天気で、先生さまも御退屈でしょ。じきに役場の次郎さんが切支丹墓ば御案内に来ると言うとります」

次郎さんというのは昨夜、神父と教会の間で私を待っていてくれたあの青年のことである。

その言葉通り、次郎さんが、昼食が終ってまもなく、誘いに来てくれた。彼はわざわざ長靴まで用意してきて、

「そのお靴では泥だらけになられると、いかん思うて」

こちらが恐縮するほど、頭を幾度もさげながら、その長靴が古いのをわび、

「先生さまにこげん車、恥ずかしかですたい」

彼の運転する軽四輪で、町を通りぬけると、昨夜、想像したように、屋並はひくく、魚の臭いが至るところにしみついていた。港では十隻ほどの小舟がそれでも出発の用意をしていた。町役場と小学校だけが鉄筋コンクリートの建物で、目ぬき通りと言っても、五分もしないうちに藁ぶきの農家に変るのである。電信柱に雨にぬれたストリップの広告がはりつけてあった。広告には裸の女が乳房を押えている絵が描かれ、「性部の王者」というすさまじい題名がつけられていた。

「神父さんは、こげんものを町でやることに、反対運動をされとるです」

「でも若い連中なら、チョクチョク行くだろう。信者の青年でも……」

私の冗談に次郎さんはハンドルを握りながら黙った。私はあわてて、

「今、信者の数は島でどのくらいですか」

「千人ぐらいはおりますでしょ」

切支丹時代は千五百人の信徒数と記録に載っているから、その頃より五百人、下まわったわけである。

「かくれの人数は？」

「ようは知りまっせん。年々、減っとるではなかですか。かくれの仕来《しきた》りば守っとるのも年寄りばっかりで、若い衆はもう馬鹿らしかと言うとります」

次郎さんは面白い話を私にしてくれた。かくれたちは、いくらカトリックの司祭や信者が再改宗を説得しても応じない。彼等の言い種《ぐさ》は、自分たちの基督教こそ祖先の頃から伝わったのだから本当の旧教で、明治以後のカトリックは新教だと言い張っているのである。その上、代々、聞きつたえた宣教師《パードレ》さまたちの姿とあまりにちがった今の司祭の服装が、その不信の種を作ったようで、

「ばってん、フランスの神父さまが、智慧ばしぼられて、あの頃の宣教師の格好ばされて、かくれば訪ねられたですたい」

「で？」

「かくれの申しますには、これは良う似とるが、どこか、違うとる。どうも信じられん……」

この話には次郎さんのかくれにたいする軽蔑がどこか感ぜられたが、私は声をたてて笑った。わざわざ、切支丹時代の南蛮宣教師の格好をしてかくれをたずねたフランス人司祭もユーモアがあるが、いかにもこの島らしい話でよかった。

町を出ると、海にそった灰色の道が続く。左は山が迫り、右は海である。海は鉛色に濁り、ざわめき、車の窓を少しあけると、雨をふくんだ風が、顔にぶつかってきた。

防風林に遮られた場所で車をとめ、次郎さんは傘を私にさしかけてくれた。砂地にはそれでも、小さな松の植木が転々と植わっている。そして切支丹の墓は、ちょうどその砂の丘が海のほうに傾斜していく先端に転がっている。墓といっても私だって力をだせば抱えあげられるような石で、三分の一は砂に埋まり、表面は風雨に晒されて鉛色になり、わずかに何かで引っかいたような十字架とローマ字のMとRとが読めるだけである。そのMとRとから私はマリアという名を聯想《れんそう》し、ここに埋まっている信徒は女性ではないだろうかと思った。

どうしてこの墓ひとつだけが町からかなり離れたこんな場所にあるのか、わからぬ。

迫害後、その血縁がひそかに人目につかぬここに移しかえたのかもしれぬ。あるいは迫害中、この女は、この浜あたりで処刑されたのかもしれぬ。

見棄てられたこの切支丹の墓のむこうに荒波が拡がっていた。防風林にぶつかる風の音は電線のすれ合うような音をたてている。沖に黒く、小島が見えるが、あれがこの辺の信徒たちを断崖から突き落したり、数珠つなぎにしたまま、海に放りこんだ岩島である。

母に嘘をつくことをおぼえた。

私の嘘は今、考えてみると、母にたいするコンプレックスから出たようである。夫から棄てられた苦しさを信仰で慰める以外、道のなかった彼女は、かつてただ一つのヴァイオリンの音に求めた情熱をそのまま、ただ一つの神に向けたのだが、その懸命な気持は、現在では納得がいくものの、たしかに、あの頃の私には息ぐるしかった。彼女が同じ信仰を強要すればするほど、私は、水に溺れた少年のようにその水圧をはねかえそうともがいていた。

級友で田村という生徒がいた。西宮の遊廓の息子である。いつも首によごれた繃帯《ほうたい》をまいて、よく学校を休んだが、おそらくあの頃から結核だったのかもしれない。優等生から軽蔑されて友だちも少い彼に私が近づいていった気持には、たしかにきびしい母にたいする仕返しがあった。

田村に教えられて、初めて煙草をすった時、ひどい罪を犯したような気がした。学校の弓道場の裏で、田村は、まわりの音を気にしながら、制服のポケットから、皺だらけになった煙草の袋をそっとだした。

「はじめから強く吸うから、あかんのやで。ふかすようにしてみいや」

咳きこみながら鼻と咽喉とを刺す臭いに、私はくるしかったが、その瞬間、まぶたの裏に母の顔がうかんだ。まだ暗いうちに、寝床から出て、ロザリオの祈りをやっている彼女の顔である。私はそれを払いのけるために、さっきよりも深く、煙を飲みこんだ。

学校の帰りに映画に行くことも田村から習った。西宮の阪神駅にちかい二番館に田村のあとから、かくれるように真暗な館内に入った。便所の臭気がどこからか漂ってくる。子供の泣き声や、老人の咳払いの中に、映写機の回転する音が単調にきこえる。私は今頃、母は何をしているかと考えてばかりいた。

「もう帰ろうや」

何度も田村を促す私に、彼は腹をたてて、

「うるさい奴やな。なら、一人で帰れ」

外に出ると、阪神電車が勤め帰りの人を乗せて、我々の前を通りすぎていった。

「そんなにお袋に、ビクビクすんな」と田村は嘲るように肩をすぼめた。「うまいこと言うたらええやないか」

彼と別れたあと、人影のない道を歩きながら、どういう嘘をつこうかと考えた。家にたどりつくまで、その嘘はどうしても思いつかなかった。

「補講があったさかい。そろそろ受験準備せないかん言われて」

私は息をつめ、一気にその言葉を言った。そして、母がそれを素直に信じた時、胸の痛みと同時にひそかな満足感も感じていた。

正直いって、私には本当の信仰心などなかった。母の命令で教会に通っても、私は手を組み合わせ、祈るふりをしているだけで、心は別のことをぼんやりと空想していた。田村とその後ふたたび出かけた映画のシーンや、ある日、彼がそっと見せてくれた女の写真などまでが心に浮んでくる。チャペルの中で信者たちは立ったり跪いたりしてミサを行う司祭の祈りに従っていた。抑えようとすればするほど、妄想は嘲るように、頭のなかにあらわれてくる。

真実、私はなぜ母がこのようなものを信じられるのか、わからなかった。神父の話も、聖書の出来事も十字架も、自分たちには関係のない、実感のない古い出来事のような気がした。日曜になると、皆がここに集まり、咳ばらいをしたり、子供を叱りながら、両手を組み合わせる気持を疑った。私は時々、そんな自分に後悔と、母へのすまなさとを感じ、もし神があるならば、自分にも信仰心を与えてほしいと祈ったが、そんなことで気持が変る筈はなかった。

もう、毎朝のミサに行くこともやめるようになった。受験勉強があるからというのが口実で、私はその頃から心臓の発作を訴えだした母が、それでも、冬の朝、ひとりで教会に出かける足音を、平気で寝床で聞いていた。やがて、一週に一度は行かねばならぬ日曜日の教会さえ、さぼるようになり、母の手前、家を出ても西宮の、ようやく買物客が集まりだした盛り場を、ぶらぶらと歩き、映画館の立看板をみながら時間をつぶすのだった。

その頃から母は屢々《しばしば》、息ぐるしくなることがあった。道を歩いていても、時折、片手で胸を押え、顔をしかめたまま、じっと立ちどまる。私は高を括っていた。十六歳の少年には死の恐怖を想像することはできなかった。発作は一時的なもので、五分もすれば元通りになったから、大した病気ではないと考えていた。実は長い間の苦しみと疲労とが、彼女の心臓を弱らせていたのである。にもかかわらず、母は毎朝五時に起き、重い足をひきずるようにして、まだ人影のない道を、電車の駅まで歩いていくのだった。教会はその電車に乗って二駅目にあったからである。

ある土曜日、私は、どうにも誘惑に勝てず、登校の途中、下車をして、盛り場に出かけた。鞄はその頃、田村と通いはじめていた喫茶店にあずけることにした。映画がはじまるまで、まだかなりの時間があった。ポケットには一円札が入っていたが、それは、数日前、母の財布から、とったものである。時折、私は母の財布をあける習慣がついていた。夕暮まで映画をみて、何くわぬ顔をして家に戻った。

玄関をあけると、思いがけず、母が、そこに、立っていた。物も言わず、私を見つめている。やがてその顔がゆっくりと歪み、歪んだ頬に、ゆっくりと涙がこぼれた。学校からの電話で一切がばれたのを私は知った。その夜、おそくまで、隣室で母はすすり泣いていた。耳の穴のなかに指を入れ、懸命にその声を聞くまいとしたが、どうしても鼓膜に伝わってくる。私は後悔よりも、この場を切りぬける嘘を考えていた。

役場につれて行ってもらって、出土品を見ていると、窓が白みはじめた。眼をあげるとやっと雨もやんだようである。

「学校のほうへ行かれると、もうチトありますがなア」

中村さんという助役が横にたって心配そうにたずねる。まるでここに何もないのが自分の責任のような表情をしている。役場と小学校にあるのは、私の見たいかくれの遺物ではなく、小学校の先生たちが発掘した上代土器の破片だけだった。

「たとえばかくれのロザリオとか十字架はないのですか」

中村さんは更に恐縮して首をふり、

「かくれの人たちア、かくしごとが好きじゃケン。直接、行かれるより、仕様がなか。何しろ偏窟じゃからな。あの連中は」

次郎さんの場合と同じように、この中村さんの言葉にもかくれにたいする一種の軽蔑心が感じられる。

天気模様をみていた次郎さんが戻ってきて、

「恢復《かいふく》したけえ。明日は、大丈夫ですたい。なら、今から岩島ば見物されてはどうですか」

と奨めてくれた。さきほど、切支丹の墓のある場所で、私が何とかして岩島を見られないかと頼んだからである。

助役はすぐ漁業組合に電話をかけたが、こういう時は、役場は便利なもので、組合では小さなモーターつきの舟を出してくれることになった。

ゴム引きの合羽を中村さんから借りた。次郎さんも入れて三人で港まで行くと、一人の漁師がもう舟を用意している。雨でぬれた板に茣蓙《ござ》をしいて腰かけさせてくれたが、足もとには汚水が溜っていた。その水のなかに、小さな銀色の魚の死体が一匹漂っていた。

モーターの音を立てて舟がまだ波のあらい海に出ると、揺れは次第に烈しくなる。波に乗る時はかすかな快感があるが、落ちる時は、胃のあたりが締められるようだ。

「岩島は、よか釣場ですたい。わしら、休日には、よう行くが、先生さまは釣りばなさらんとですか」

私が首をふると、助役は気ぬけした顔をして漁師や次郎さんに、大きな黒鯛を釣った自慢話をはじめた。

合羽は水しぶきで容赦なく濡れる。私は海風のつめたさにさっきから閉口していた。そう言えば、さっきまで鉛色だった海の色がここでは黒く、冷たそうである。私は四世紀前に、ここで数珠つなぎになって放りこまれた信徒たちのことを思った。もし、自分がそのような時代に生れていたならば、そうした刑罰にはとても耐える自信はなかった。母のことをふと考えた。西宮の盛り場をうろつき、母親に嘘をついていたあの頃の自分の姿が急に心に甦った。

島は次第に近くなった。岩島という名の通り、岩だけの島である。頂だけに、わずかに灌木が生えているようだ。助役にきくと、ここは郵政省の役人が時々、見に行くほかは、町民の釣場として役にたつだけだという。

十羽ほどの鳥が嗄《しわが》れた声をあげながら頂の上に舞っていた。灰色の雨空をそれら鳥の声が裂き、荒涼として気味がわるかった。岩の割れ目も凸凹がはっきりと見えはじめた。波がその岩にぶつかり壮絶な音をたてて白い水しぶきをあげている。

信徒たちを突き落した絶壁はどこかとたずねたが、助役も次郎さんも知らなかった。おそらく一箇所ときめたわけでなく、どこからでも、落したのであろう。

「怖ろしか、ことですたい」

「今じゃとても考えられん」

私がさっきから思っているようなことは、同じカトリック信者の助役や次郎さんの意識には浮んではいないらしかった。

「この洞穴は蝙蝠《こうもり》がようおりましてなア。近づくとチイチイ鳴き声がきこえよる」

「妙なもんじゃな。あれだけ、速う飛んでも、決してぶつからん。レーダーみたいなものが、あるとじゃ」

「ぐうっと一まわりして先生さま、帰りますか」

兇暴に白い波が島の裏側を噛んでいた。雨雲が割れて、島の山々の中腹が、漸《ようや》くはっきりと見えはじめた。

「かくれの部落はあそこあたりですたい」

助役は昨夜の神父と同じように、その山の方向を指した。

「今では、かくれの人も皆と交際しているんでしょう」

「まアなア。学校の小使さんにも一人おられたのオ。下村さん、あれは部落の人じゃったからな。しかし、どうにも厭じゃノオ。話が合わんですたい」

二人の話によると、やはり町のカトリック信者はかくれの人と交際したり結婚するのは何となく躊躇するのだそうである。それは宗教の違いと言うよりは心理的な対立の理由によるものらしい。かくれは今でもかくれ同士で結婚している。そうしなければ、自分たちの信仰が守れないからであり、そうした習慣が彼等を特殊な連中のように、今でさえ考えさせている。

ガスに半ばかくれたあの山の中腹で三百年もの間、かくれ切支丹たちは、ほかのかくれ部落と同じように、「お水役」「張役」「送り」「取次役」などの係りをきめ、外部の一切にその秘密組織がもれぬように信仰を守りつづけた筈である。祖父から父親に、父親からその子にと代々、祈《オラシヨ》りを伝え、その暗い納戸に、彼等の信仰する何かを祭っていたわけである。私はその孤立した部落を何か荒涼としたものを見るような気持で、山の中腹に探した。だが、もちろんそれはここから眼にうつる筈はなかった。

「あげん偏窟な連中に、先生、なして興味ば持たれるとですか」

助役さんは、ふしぎそうに私にたずねたが、私はいい加減な返事をしておいた。

秋晴れの日、菊の花をもって墓参りに行った。母の墓は府中市のカトリック墓地にある。学生時代から、この墓地に行く道を幾度、往復したか知らない。昔は栗や椽《とちのき》の雑木林と麦畑とが両側に拡がって、春などは結構、いい散歩道だったここも、今は、真直ぐなバス道路が走り、商店がずらりと並んだ。あの頃、その墓地の前にぽつんとあった小屋がけの石屋まで、二階建ての建物になってしまった。来るたびに一つ一つの思い出が心に浮ぶ。大学を卒《お》えた日も墓参した。留学で仏蘭西《フランス》に行く船にのる前日にもここにきた。病気になって日本に戻った翌日、一番、先に飛んできたのもここである。結婚する時も、入院する時も、欠かさず、この墓にやってきた。今でも妻にさえ黙ってそっと詣でることがある。ここは誰にも言いたくない私と母の会話の場所だからである。親しい者にさえ狎々《なれなれ》しく犯されまいという気持が私の心の奥にある。小径《こみち》を通りぬける。墓地の真中に聖母の像があって、その回りに一列に行儀よく並んだ石の墓標は、この日本で骨をうずめた修道女たちの墓地である。それを中心に白い十字架や石の墓がある。すべての墓の上に、あかるい陽と静寂とが支配している。

母の墓は小さい。その小さな小さな墓石をみると心が痛む。回りの雑草をむしる。虫が羽音をたて一人で働いている。私の回りを飛びまわる。その羽音以外、ほとんど物音がしない。

柄杓《ひしゃく》の水をかけながら、いつものように母の死んだ日のことを考える。それは私にとって辛い思い出である。彼女が、心臓の発作で廊下に倒れ、息を引きとる間、私はそばにいなかった。私は田村の家で、母が見たら泣きだすようなことをしていたのである。

その時、田村は、自分の机の引出しから、新聞紙に包んだ葉書の束のようなものを取りだしていた。そして、何かを私にそっと教える際、いつもやるうすら笑いを頰にうかべた。

「これ、そこらで売っとる代物と違うのやで」

新聞紙の中には十枚ほどの写真がはいっていた。写真は洗いがわるいせいか、縁が黄色く変色している。影のなかで男の暗い体と女の白い体とが重なりあっている。女は眉をよせ苦しそうだった。私は溜息をつき、一枚一枚をくりかえして見た。

「助平。もうええやろう」

どこかで電話がなり、誰かが出て、走ってくる足音がした。素早く田村は写真を引出しに放りこんだ。女の声が私の名を呼んだ。

「早う、お帰り。あんたの母さん、病気で倒れたそうやがな」

「どないしてん」

「どないしたんやろ」私はまだ引出しの方に眼をむけていた。「どうして俺、ここにいること、知ったんやろな」

私の母が倒れたと言うことよりも、なぜ、ここに来ているのがわかったのかと不安になっていた。彼の父親が遊廓をやっていると知ってから、母は、田村の家に行くことを禁じていたからである。それに母が心臓発作で寝こむのは、近頃、そう珍しいことではなかった。しかし、その都度、名前は忘れたが、医師がくれる白い丸薬を飲むことで、発作は静まるのだった。

私はのろのろと、まだ陽の強い裏道を歩いた。売地とかいた野原に錆びたスクラップが積まれていた。横に町工場がある。工場では何を打っているのか、鈍い、重い音が規則ただしく聞えてくる。自転車にのった男が向うからやってきて、その埃っぽい雑草のはえた空地で立小便をしはじめた。

家はもう見えていた。いつもと全く同じように、私の部屋の窓が半分あいている。家の前では近所の子供たちが遊んでいる。すべてがいつもと変りなく、何かが起った気配はなかった。玄関の前に、教会の神父が立っていた。

「お母さんは……さっき、死にました」

彼は一語一語を区切って静かに言った。その声は馬鹿な中学生の私にもはっきりわかるほど、感情を押し殺した声だった。その声は、馬鹿な中学生の私にもはっきりわかるほど、皮肉をこめていた。

奥の八畳に寝かされた母の遺体をかこんで、近所の人や教会の信者たちが、背をまげて坐っていた。だれも私に見向きもせず、声もかけなかった。その人たちの固い背中が、すべて、私を非難しているのがわかった。

母の顔は牛乳のように白くなっていた。眉と眉との間に、苦しそうな影がまだ残っていた。私はその時、不謹慎にも、さっき見たあの暗い写真の女の表情を思いだした。この時、はじめて、自分のやったことを自覚して私は泣いた。

桶の水をかけ終り、菊の花を墓石にそなえつけた花器にさすと、その花に、さきほど顔の回りをかすめていた虫が飛んできた。母を埋めている土は武蔵野特有の黒土である。私もいつかはここに葬られ、ふたたび少年時代と同じように、彼女と二人きりでここに住むことになるだろう。

助役は私に、何故、かくれなどに興味を持つのかとたずねたが、いい加減な返事をしておいた。

かくれ切支丹に関心を抱く人は近頃、随分、多くなっている。比較宗教学の研究家たちには、この黒教と呼ばれる宗教は恰好の素材である。ＮＨＫも幾度か、五島や生月のかくれたちをテレビで写したし、私の知っている外人神父たちも、長崎に来ると、たずねまわる方が多いようである。だが、私にとって、かくれに興味があるのは、たった一つの理由のためである。それは彼等が、転び者の子孫だからである。その上、この子孫たちは、祖先と同じように、完全に転びきることさえできず、生涯、自分のまやかしの生き方に、後悔と暗い後目痛《うしろめた》さと屈辱とを感じつづけながら生きてきたという点である。

切支丹時代を背景にしたある小説を書いてから、私はこの転び者の子孫に次第に心惹かれはじめた。世間には嘘をつき、本心は誰にも決して見せぬという二重の生き方を、一生の間、送らねばならなかったかくれの中に、私は時として、自分の姿をそのまま感じることがある。私にも決して今まで口には出さず、死ぬまで誰にも言わぬであろう一つの秘密がある。

その夜、神父や次郎さんや助役さんと酒を飲んだ。昼食の時、給仕をしてくれたおばさんの修道女が、大きな皿に生海胆《なまうに》と鮑《あわび》とをいっぱいに盛って出してくれた。地酒は、甘すぎて、辛口しか飲まぬ私には残念だったが、生海胆はあの長崎のものが古いと思われるほど、新鮮だった。さっきまで、やんでいた雨がまた降りはじめた。酔った次郎さんが、唄を歌いはじめた。

むむ　参ろうやなア　参ろうやなあ
パライゾの寺にぞ、参ろうやなあ
むむ

パライゾの寺とな　申するやなあ
広い寺とは申するやなあ
広いなあ狭いは、わが胸にであるぞやなア

この歌は私も知っていた。二年前、平戸に行った時、あそこの信者が教えてくれたからである。リズムは把えがたく憶えられなかったが、今、どこかもの悲しい次郎さんの歌声を聞いていると、眼にかくれたちの暗い表情が浮んでくる。頬骨が出て、くぼんだ眼で、どこか一点をじっと見ている顔。長い鎖国の間、二度とくる筈のない宣教師たちの船を待ちながら、彼等はこの唄を小声で歌っていたのかもしれぬ。

「不動山の高石つぁんの牛が死んだとよ。よか牛じゃったがなア」

神父はあの東京のパーティであった時とは違っていた。一合ほどの酒で、もう首まで赤黒くなりながら、助役を相手に話している。今日一日で、神父も次郎さんもどうやら私に他国者《よそもの》意識を棄ててくれたのかも知れぬ。東京の気どった司祭たちとちがって農民の一人といったこの司祭に、次第に好意を感じてくる。

「不動山の方にもかくれはいますか」

「おりまっせん。あそこは、全部、うちの信者ですたい」

神父は少し胸を張って言い、次郎さんと助役さんは重々しい顔でうなずいた。朝から気づいたことだが、この人たちはかくれを軽蔑し、見くだしているようである。

「そりゃア、仕方なかですたい。つき合いばせんとじゃから。いわば結社みたいなもんですたい、あの人たちは」

五島や生月ではかくれは、もうこの島ほど閉鎖的ではない。ここでは信者たちでさえ彼等の秘密主義に警戒心を抱いているようにみえる。だが、次郎さんや中村さんだって、かくれの先祖を持っているのである。それに二人が今、気がついていないのが、少し、おかしかった。

「一体、何を拝んでいるのでしょう」

「何を拝んどりますか。ありゃア、もう本当の基督教じゃなかです」神父は困ったように溜息をついた。「一種の迷信ですたい」

また、面白い話をきいた。この島では、カトリック信者が、新暦でクリスマスや復活祭を祝うのにたいし、かくれたちは旧暦でそっと同じ祭を行うのだそうである。

「いつぞや、山ばのぼっとりましたらな、こそこそと集まっとるです。あとで聞いたら、あれがかくれの復活祭でしたい」

助役と次郎さんとが引き上げたあと、部屋に戻った。酒のせいか、頭が熱っぽいので窓をあけると、太鼓を叩くような海の音が聞える。闇はふかくひろがっていた。海の音が更にその闇と静寂とを深くしているように私には思えた。今まで色々なところで夜を送ったが、このような夜のふかさは珍しかった。

私は、長い長い年数の間、この島に住んだかくれたちも、あの海の音を聞いたのだなと感無量だった。彼等は肉体の弱さや死の恐怖のため信仰を棄てた転び者の子孫である。役人や仏教徒からも蔑まれながら、かくれは五島や生月や、この島に移住してきた。そのくせ、祖先たちからの教えを棄てきれず、と言っておのが信教を殉教者たちのように敢然とあらわす勇気もない。その恥ずかしさをかくれはたえず噛みしめながら生きてきたのだ。

頬骨が出て、くぼんだ眼で、じっと一点を見つめているような、ここ特有の顔は、そうした恥ずかしさが次第につくりあげたものである。昨日、一緒にフェリー・ボートに乗った四、五人の男たちも次郎さんも助役も、そんな同じような顔をしている。そしてその顔に、時折、狡さと臆病との入りまじった表情がかすめる。

かくれの組織は、五島や生月やここでは多少の違いはあるが、司祭の役割をするのが、張役とか爺役で、その爺役から、みんなは、大切な祈り《オラシヨ》を受けつぎ、大事な祭の日を教えられる。赤ん坊が生れると洗礼をさずけるのは、水方である。所によっては爺役と水方とを兼任させる部落もある。そうした役職は代々、世襲制にしているところが多い。その下に更に五軒ぐらいの家で、組を作っている例を、私は生月で見たことがある。

かくれたちは勿論、役人たちの手前、仏教徒を装っていた。檀那寺をもち、宗門帳にも仏教徒として名を書かれていた。ある時期には、祖先たちと同じように、役人たちの前で踏絵に足をかけねばならない時もあった。踏絵を踏んだ日、彼等は、おのが卑怯さとみじめさを噛みしめながら部落に戻り、おテンペンシャと呼ぶ緒でつくった縄で体を打った。おテンペンシャは、ポルトガル語のデシピリナを、彼等が間違えて使った言葉で、本来「鞭」という意味だそうである。私は東京の切支丹学者の家で、その鞭《おテンペンシャ》を見たことがある。四十六本の縄をたばねたもので、実際、腕を叩いてみるとかなり痛かった。かくれたちはこの鞭で身を打つのである。

　だがそんなことで、彼等の後目痛さが晴れるわけではなかった。裏切者の屈辱や不安が消えるわけではなかった。殉教した仲間や自分たちを叱咤した宣教師のきびしい眼が遠くから彼等をじっと見つめていた。その咎めるような眼差しは心から追い払おうとしても追い払えるものではなかった。だから彼等の祈り《オラショ》を読むと、今の基督教祈禱書の翻訳調の祈りとはちがった、たどたどしい悲しみの言葉と許しを乞う言葉が続いているのだ。字をよめぬかくれたちが、一つ一つ口ごもりながら呟いた祈りはすべてその恥ずかしさから生れている。「でうすのおんはあ、サンタマリア、われらは、これが、さいごーにて、われら悪人のため、たのみたまえ」「この涙の谷にてうめき、なきて、御身にねがい、かけ奉る。われらがおとりなして、あわれみのおまなこを、むかわせたまえ」

私は闇のなかの海のざわめきを聞きながら、畠仕事と、漁との後、それらのオラショを嗄れた声で呟いているかくれの姿を心に思いうかべる。彼等は自分たちの弱さが、聖母のとりなしで許されることだけを祈ったのである。なぜなら、かくれたちにとって、デウスは、きびしい父のような存在だったから子供が母に父へのとりなしを頼むように、かくれたちはサンタマリアに、とりなしを祈ったのだ。かくれたちにマリア信仰がつよく、マリア観音を特に礼拝したのもそのためだと私は思うようになった。

寝床に入っても、寝つかれなかった。うすい蒲団のなかで、私は小声で、さっき次郎さんが教えてくれた唄の曲を思いだそうとしたが無駄だった。

夢を見た。夢のなかで、私は胸の手術を受けて病室に運ばれてきたばかりらしく、死体のようにベッドに放り出されていた。鼻孔には酸素ボンベにつながれたゴム管が入れられ、右手にも右足にも針が突っこまれていたが、それはベッドに括りつけた輸血瓶から血を送るためだった。私は意識を半ば失っている筈なのに、自分の手を握ってくれている灰色の翳《かげ》が誰かわかっていた。それは母で、母のほか病室には医師も妻もいなかった。

母が出てくるのはそんな夢のなかだけではなかった。夕暮の陸橋の上を歩いている時、ひろがる雲に、私はふと彼女の顔を見ることがあった。酒場で女たちと話をしている時、話が跡切れて、無意味な空白感が心を横切る折、突然、母の存在を横に感じることもある。真夜中まで、上半身を丸めるようにして仕事をしている時、急に彼女を背後に意識することもある。母はうしろから、こちらの筆の動きを覗きこむような恰好をしている。仕事の間は、子供はもちろん、妻さえ、絶対に書斎に入れぬ私なのに、その場合、ふしぎに母は邪魔にならない。気を苛立たせもしない。

そんな時の母は、昔、一つの音を追い求めてヴァイオリンを弾き続けていたあの懸命な姿でもない。車掌のほかは誰もいない、阪急の一番電車の片隅でロザリオをじっと、まさぐっていた彼女でもない。両手を前に合わせて、私を背後から少し哀しげな眼をして見ている母なのである。

貝のなかに透明な真珠が少しずつ出来あがっていくように、私は、そんな母のイメージをいつしか形づくっていたのにちがいない。なぜなら、そのような哀しげなくたびれた眼で私を見た母は、ほとんど現実の記憶にないからだ。

それがどうして生れたのか、今では、わかっている。そのイメージは、母が昔、持っていた「哀しみの聖母《マーテル・ドロロサ》」像の顔を重ね合わせているのだ。

母が死んだあと、彼女の持物や着物や帯は、次々と人が持っていった。形見分けと言って、中学生の私の眼の前で叔母たちはまるでデパートの品物をひっくりかえすように、箪笥の引出しに手を入れていたが、そのくせ、母には最も大事だった古びたヴァイオリンや、長年使っていたボロボロの祈禱書や針金が切れかかったロザリオには見向きもしなかった。そして叔母たちが、棄てていったもののなかに、どこの教会でも売っているこの安物の聖母像があった。

私は母の死後、その大事なものだけを、下宿や住まいを変えるたびに箱に入れて持って歩いた。ヴァイオリンはやがて絃も切れ、罅《ひび》がはいった。祈禱書の表紙も取れてしまった。そしてその聖母像も昭和二十年の冬の空襲で焼いた。

空襲の翌朝は真青な空で、四谷から新宿まで褐色の焼けあとがひろがり、余燼《よじん》は至る所にくすぶっていた。私は自分のいた四谷の下宿のあとにしゃがみ、木切れで、灰の中をかきまわし、茶碗のかけらや、僅かな頁の残った字引の残骸をほじくり出した。しばらくして何か固いものにさわり、まだ余熱の残った灰のなかに手を入れると、その聖母の上半身だけが出てきた。石膏はすっかり変色して、前には通俗的な顔だったものが更に醜く変っていた。それも今では歳月を経るにしたがって、更に眼鼻だちもぼんやりとしてきている。結婚したあと、妻が一度、落したのを接着剤でつけたため、余計にその表情がなくなったのである。

入院した時も私はその聖母を病室においていた。手術が失敗して二年目がきた頃、私は経済的にも精神的にも困《こう》じ果てていた。医師は私の体に半ば匙を投げていたし、収入は跡絶えていた。

夜、暗い灯の下で、ベッドからよくその聖母の顔を眺めた。顔はなぜか哀しそうで、じっと私を見つめているように思えた。それは、今まで私が知っていた西洋の絵や彫刻の聖母とはすっかり違っていた。空襲と長い歳月に罅が入り、鼻も欠けたその顔には、ただ、哀しみだけを残していた。私は仏蘭西に留学していた時、あまたの「哀しみの聖母《マーテル・ドロロサ》」の像や絵画を見たが、もちろん、母の形見は、空襲や歳月で、原型の面影を全く失っていた。ただ残っているのは哀しみだけであった。

おそらく私はその像と、自分にあらわれる母の表情とをいつか一緒にしたのであろう。時にはその「哀しみの聖母」の顔は、母が死んだ時のそれにも似て見えた。眉と眉との間にくるしげな影を残して、蒲団の上に寝かされていた、死後の母の顔を私ははっきりと憶えている。

母が、私に現われることを妻に話したことはあまりない。一度、それを口に出した時、妻は口では何かを言ったが、あきらかに不快な色を浮べたからである。

ガスは一面にたちこめていた。

そのガスのなかから、からすの鳴く声がきこえてきたので、部落がやっと近くなったことがわかる。ここまで来るまでは、やはり肺活量の少ない私には相当の難儀だった。山道の傾斜もかなり急だったが、それより次郎さんから借りた長靴では粘土の道が滑るので閉口した。

これでも良い方なのだと、中村さんが弁解する。昔は、このガスでは見えぬが南にある山道しかなくて、部落まで行くには半日がかりだったそうである。そういう尋ねにくい場所に住んだのも、かくれたちが役所の眼を避ける智慧だったのだろう。

両側は、段々畠で、ガスのなかに樹木の黒い翳がぼんやりみえ、からすの鳴き声が更に大きくなった。昨日たずねた岩島の上にも、からすの群れが舞っていたのを思いだした。

畠で働いていた親子らしい女と子供に中村さんが声をかけると、母親は頬かぶりを取って丁寧に頭を下げる。

「川原菊市つぁんの家は、この下じゃったな。東京から、話ばしといた先生さまが来なさったばってん」

子供は私のほうを珍しそうに見つめていたが、母親に叱られて畠のなかを駆けていった。

助役さんの智慧で、町から手土産の酒を買ってきていた。道中は次郎さんが持ってくれたのだが、その一升瓶を受けとり、私は二人のあとから部落に入った。部落のなかで、ラジオの歌謡曲が聞えてきた。モーターバイクを納屋においてある家もある。

「若い者はみなここを出たがりますたい」

「町に行くのですか」

「いや、佐世保や平戸に出かせぎに行っとる者の多かですたい。やはり島ではかくれの子と言われれば働きにくかとでしょう」

からすはどこまでも追いかけてきた。今度は藁ぶきの屋根にとまって鳴いている。まるで我々の来たことをこの人たちに警告しているようである。

川原菊市さんの家は、ほかの家よりやや大きく、屋根も瓦ぶきで、うしろ側に楠の大木がある。その家を見ただけで、私は菊市さんが「爺役」——つまり、司祭の役をしているのだとすぐわかった。

私を外に待たしたまま、中村さんは、しばらく家の中で、家族と交渉していた。さっきの子供が、ずりさがったズボンに手を入れて、少し離れたところで私たちを見ていた。気がつくとこの子供は泥だらけのはだしである。からすがまた鳴いている。

「厭がっているようですね、我々に会うのを」

次郎さんに言うと、

「ナーニ、助役さんが話せば、大丈夫ですたい」

私を少し安心させてくれた。

やっと話がついて土間のなかに入ると、一人の女が、暗い奥からこちらをじっと見ている。私は一升瓶を名刺代りだと差し出したが返事はなかった。

家のなかはひどく暗い。天候のせいもあるが、晴れていてもこの暗さはそれほど変りあるまいと思われるほどだった。そして、一種独特の臭いが鼻についた。

川原菊市さんは六十ほどの年寄りで、私の顔を直視せず、どこか別のところを見つめているような怯えた眼つきで返事をする。その返事も言葉少なく、できれば、早く帰ってほしいような感じだった。話が幾度か跡切れるたび、部屋のなかは勿論、土間の石臼や筵や藁の束にまで私は視線をむけた。爺役の杖か、納戸神《なんどがみ》のかくし場所を探していたのである。

爺役の杖は、爺役だけの持つもので、洗礼を受けに行く時は樫の杖を使い、家払いにはグミの杖を使うが決して竹は用いない。それは切支丹時代に、司教が持った杖を真似たことは明らかである。

注意ぶかく見たのだが、もちろん杖も納戸神のかくし場所もわからない。私はやっと菊市さんたちの伝承している祈り《オラシヨ》をきいたが、そのオラショは、他のかくれたちの祈りと全く同じで、たどたどしい悲しみの言葉と許しを乞う言葉で埋められていた。

「この涙の谷にてうめき、なきて御身にねがい、かけ奉る」菊市さんは一点を見つめたまま、一種の節をつけながら呟いた。「我等が御とりなして、あわれみのおまなこを、むかわせたまえ」その節まわしは昨夜、次郎さんが歌った歌と同じように、不器用な言葉をつなぎあわせ、何ものかに訴えているようだった。

「この涙の谷にて、うめき、なきて」

私も菊市さんの言葉を繰りかえしながら、その節を憶えようとした。

「御身にねがい、かけ奉る」

「御身にねがい、かけ奉る」

「あわれみのおまなこを」

「あわれみのおまなこを」

瞼の裏に、年に一度、踏絵を踏まされ寺参りを強いられた夜に部落に戻った後、この暗い家の中でそれら祈りを唱えるかくれたちの姿が浮んでくる。「われらが、おとりなして、あわれみの、おまなこを……」

からすが鳴いている。私たちはしばらくの間、黙って、縁側のむこうに一面ながれてくるガスを眺めていた。風が出てきたのか、乳色のガスの流れは速くなっている。

「納戸神を、見せて……もらえないでしょうか」

私は口ごもりながら頼んだが菊市さんの眼は別の方向にむいたまま、返事がない。

納戸神とは、言うまでもなく別に切支丹用語ではなくて、納戸に祭る神の意味だったが、かくれたちの間では自分の祈る対象を、人目に最もつかぬ納戸にかくして、世間には納戸神と呼び役人の眼を誤魔化していたのである。そしてその納戸神の実体を、信仰の自由を認められた今日でさえ、かくれたちは異教徒《ゼンチヨ》に見せたがらない。異教徒に見せれば、納戸神に穢《けが》れを与えると信じているかくれも多いのである。

「折角、東京から来なさったんじゃ。見せてあげたらよか」

中村さんが少しきつく頼むと、菊市さんはやっと腰をあげた。

そのあとから我々が土間を通りすぎると、さっきの暗い部屋から女が異様なほど眼をすえてじっとこちらを見つめていた。

「気をつけなっせ」

腰をかがめねば通れぬ入口を通り納戸にはいる時、次郎さんが背後から注意してくれた。土間よりも、もっと薄暗い空間には、藁と馬鈴薯《ばれいしょ》の生ぐさい臭いがする。真向いに蠟燭をおいた小さな仏壇がある。偽装用のものであろう。菊市さんの視線は左の方を向いている。その視線の方向に入口から入ってもすぐには眼に入らぬ浅黄色《あさぎいろ》の垂幕が二枚、垂れている。棚の上には、餅と、神酒《みき》の白い徳利とが置かれている。菊市さんの皺だらけな手が、その布をゆっくりとめくりはじめる。黄土色の掛軸の一部分が次第に見えてくる。「絵ですたい」うしろで次郎さんが溜息をついた。

キリストをだいた聖母の絵――。いや、それは乳飲み児をだいた農婦の絵だった。子供の着物は薄藍《うすあい》で、農婦の着物は黄土色で塗られ、稚拙な彩色と絵柄から見ても、それはここのかくれの誰かがずっと昔描いたことがよくわかる。農婦は胸をはだけ、乳房を出している。帯は前むすびにして、いかにものら着だという感じがする。この島のどこにもいる女たちの顔だ。赤ん坊に乳房をふくませながら、畠を耕したり網をつくろったりする母親の顔だった。私はさきほど頰かむりをとって助役さんに頭をさげていたあの母親の顔を急に思いだした。次郎さんは苦笑している。中村さんも顔だけは真面目を装っていたが、心のなかでは笑っていたにちがいない。

にもかかわらず、私はその不器用な手で描かれた母親の顔からしばし、眼を離すことができなかった。彼等はこの母の絵にむかって、節くれだった手を合わせて、許しのオラショを祈ったのだ。彼等もまた、この私と同じ思いだったのかという感慨が胸にこみあげてきた。昔、宣教師たちは父なる神の教えを持って波濤万里、この国にやって来たが、その父なる神の教えも、宣教師たちが追い払われ、教会が毀《こわ》されたあと、長い歳月の間に日本のかくれたちのなかでいつか身につかぬすべてのものを棄てさりもっとも日本の宗教の本質的なものである、母への思慕に変ってしまったのだ。私はその時、自分の母のことを考え、母はまた私のそばに灰色の翳のように立っていた。

ヴァイオリンを弾いている姿でもなく、ロザリオをくっている姿でもなく、両手を前に合わせ、少し哀しげな眼をして私を見つめながら立っていた。

部落を出るとガスが割れて、はるかに黒い海が見えた。海は今日も風が吹き荒れているらしかった。昨日たずねた岩島はみえぬ。谷には霧がことさらふかい。からすが霧にうかぶ木々の影のどこかで鳴いている。「この涙の谷にて、われらがおとりなして、あわれみのおまなこを」私は先程、菊市さんが教えてくれたオラショを心のなかで呟いてみた。かくれたちが唱えつづけたそのオラショを呟いてみた。

「馬鹿らしか。あげんなものば見せられて、先生さまも、がっかりされたとでしょ」

部落を出た時、次郎さんは、それがいかにも自分の責任のように幾度かわびた。助役さんは我々の前を途中で拾った木の枝を杖にして、黙って歩いていた。その背中が固い。彼が何を考えているのかはわからなかった。

（『新潮』昭和四十四年一月号）

小さな町にて

●雨期に入った。

日本ではこの季節を梅雨とよぶ。同じ雨期でも三年前に居たジャワでは毎日、豪雨が一米《メートル》先も見えぬほど烈しく地面を叩いたあと、たちまちそれが嘘のような青空になるのが常だったが、ここでは昼も夜も、絶えまなく霧雨が陰険に降りつづけている。一昨日も昨日も、今日もその雨だ。明日も明後日も、それはやまないだろう。

雨の日、長崎はどうしてこう陰気なのだろう。家と家との間は狭く、狭い路に雨は流れて泥沼のようになり、汚臭がただよう。そのひくい家のなかで日本人たちはじっと閉じこもっている。道にも橋にも人影はない。

この小さな司祭館は二カ月前に出来たのだが、部屋はもう三十年も五十年も歳月が経ったようだ。衣類も本も湿気をふくんでやりきれぬ気持である。

昨年もこの季節、この湿気は夏になればなくなるのかと、与右衛門にたずねたことがある。与右衛門は奉行所の命令でこの司祭館で働いている従僕であるが、彼はその時、長崎の夏はひどく暑くるしいと答えた。その言葉通りこの長崎で昨年余は、あの湿気のこもった一夏をたっぷり味わった。特に、毛ほどの風もない黄昏《たそがれ》ほど耐えがたいものはなかった。

部屋のなかは暗く息苦しい。息苦しいのはどうやら部屋の隅にプチジャン神父が、先日、奉行所のニシ殿から頂戴した仏像がじっと余を見詰めているせいらしい。仏像の眼と唇のあたりに漂っている薄笑いが不愉快である。このような薄笑いは日本の仏像に独得なもので、我々基督教徒の聖像には決してないものだ。

長雨の日、居間にじっとしていると、この仏像がひどく気になる時がある。見まいとしても視線はおのずとそちらに行ってしまうのだが、彼は余を見て嘲《あざけ》っているような気がしてくる。仏像の薄笑いはまるで、我々がこの国に父なる神の真理を布教することが、無意味で、無駄で、最後には徒労に終るのだと言っているようである。

そんな気持が心に起るのは、余が弱気になっているせいかも知れぬ。この二年間、余とプチジャン神父とロカーニュ神父とがやったことはすべて失敗に終った。他の二人はともかく、余はほとんど絶望している。

日本に来る前、オランダ人たちから、日本にも基督教の信徒が残っていると我々は聞かされてきた。迫害と弾圧にもかかわらず、ごく僅かだが、かつての切支丹たちの子孫が長崎の周辺にかくれていて、表面は仏教徒を装ってはいるが、祖先から伝えられた教えをひそかに守っているという話を耳にしていた。そこでこの国に来ればすぐにもその信徒たちにめぐり会えると、我々は楽観していたのである。だが長崎に来て二年、彼等は一人として余たちの前に姿をあらわさなかったし、我々のひそかな叫びかけにも応じてこなかった。

どんなに、彼等を見つけるため、歩きまわったことか。そのためには、第一に奉行所の役人たちの目を晦《くら》まさねばならなかった。一八五八年の条約のおかげで日本の奉行所は我々が信仰生活をこの国で送る自由をやっと許したが、しかし教えを日本人に伝えることはきびしく禁じていたからである。

それでも我々は散歩の道を遠くのばして茂木《もぎ》や浦上《うらがみ》まで調べまわった。何かの用事にかこつけては馬小屋のような農家の軒先にも立ってみた。子供たちは我々を遠まきにし、大人は馬に水をくれたり、柿を恵んではくれたが、決して本心はみせない。ロカーニュ師は一計を案じ子供たちに菓子を与えて、その反応を見てまわった。もしやその菓子をたべる時、十字を切る者がいないかと考えたからである。プチジャンは胸に大きな十字架をつけて、それを見つめる者の眼に感動と敬意の色がうかばぬかと注意していた。時にはわざと馬から落ちて、助けてくれる者に信者ではないかとそっとたずねても見た。だが、気の毒にもプチジャンは二度目の落馬で腰をしたたかに打ち、二日ほど寝こまねばならなかったほどである。

始めのうちはそうした失敗談も我々の夜の食卓をにぎわす笑い話だった。しかし、半年たち、一年すぎてもなお信徒の子孫について何の消息も聞えず、彼等から一度の連絡もないとなると、余は焦りはじめた。その焦燥が落胆になり、落胆が絶望に変って、二年目の雨期をむなしく迎えたのである。

●雨。窓の向うに暗い長崎の町が沈んでいる。海も暗い。船も家も暗い。それらは頑な老人のように我々から眼をそらせ決して話しかけてこない。この、昼となく夜となく降りつづける雨のどこかに、もし信徒たちがひそかに存在しているなら、なぜ、語りかけてこないのだろう。

部屋の隅で仏像は余を見つめ、唇に嘲るような薄笑いを浮べる。そしてお前のすることはこの国ではすべて無意味なのだとその微笑で言っているようである。

●夜の十時頃、ロカーニュが島原から戻ってきた。

彼は往復とも、口ノ津、加津佐《かづき》、有馬《ありま》をまわって、信徒について何かの情報をえようとしたのだが無駄だったと言う。往時、これらの漁村は宣教師たちが上陸し、教会があり、日本人の基督教徒が数多く住みついた港町だが、二世紀たった今は昔日を偲ばすものは一つもなく、わびしく小さな漁村に変り果てていたそうだ。（フロイスがあの書簡で書いた花の教会の場所には今は古びた仏教の寺がたっていたとか）そして漁師たちはロカーニュを遠くから見るだけで、湯もくれず、話しかけてもこなかった。奉行所の役人、ニシの説明によると、ここの住人たちは、あの原城での戦いで全滅したあと、小豆島《しょうどしま》から移住させられた農民の子孫で、みな仏教徒だというから、たずねるだけでも無駄だったかもしれぬ。

要するに我々は楽観し、幻想を持ちすぎていたわけである。布教が許されぬこの国で、まず頼りになるのは、古い信徒たちの子孫であるという希望を作りあげていたのだ。もしそうでなければ、いかに監視されているとは言え、その子孫たちは何かの方法を使って、我々を励ましてくれた筈である。二世紀に渡る迫害は、わずかに残った教会の種を悉く《ことごと》踏みつぶしてしまったと考えるほうが確実だった。ロカーニュもプチジャンも余のこの気持を戒めたが、幻想に何時《いつ》までもすがりつくよりは現実を直視して、新しい方法を考えるべきだと余は思う。

●茂木まで、馬で出かけてみた。長崎から馬で半時間ほどの道のりで、途中、田子の山を越える。空は曇っていたが、雨はやんでいた。竹林がうつくしかった。茂木はその昔、イエズス会が支配した港で、その港から得る収入はすべて領主ではなく宣教師と教会のために使われることになっていたと聞いている。

だが今の茂木は、ロカーニュがたずねた口ノ津、加津佐と同様に、小さなわびしい漁村にすぎず、人影のない湿った灰色の浜に、漁師の舟や木材が放りだされ、一握りほどの家には魚の臭いがしみこみ、中は暗い。

その暗い家のなかで子供と老婆とが、余の動きをじっと見ている。いつもと同じように、日本人の子供たちは誰も余には話しかけぬし、余が近づくと怯《おび》えたように身をかくしてしまう。

決して敵意は示さぬが、しかし、毛ほどの親しみをも示してくれない。大人たちの表情も一体、何を考えているのか、わからない。丘にのぼり、余は押しつぶされたような村とそれをとりまく、小さな森と、森のなかの寺とを見おろしたが、我々の探している信徒たちが、ここに住んでいるとはどうしても思えなかった。暗い海はその風景の向うに、まるで余を更に苦しめるように空虚に拡がっている。余は仏像の眼と唇とに漂っているあの薄笑いを思いだした。

●奉行所の命令で、今日、十五人ほどの人夫が、我々の建設する聖堂の敷地を作りに来た。この司祭館のすぐ上の雑木林に聖堂を作ることを、フューレ神父が仏蘭西《フランス》領事を通して、幾度も交渉したのだが、やっと許可がおりるまで一年かかった。

許可を与えられた後でも、奉行所の方では、日本人がよく使う引き延ばし工作に出て、人夫や大工の手が空かぬと言い張った。

プチジャンが強硬に先月、申入れをしなかったならば、そのまま素知らぬ顔をするつもりだったのであろう。

しかし今日は木を切る音が朝から響いてくる。監視の役人は我々が人夫と話するのを好まないが、我々は図面を見せねばならぬという口実で仕事場を歩きまわった。人夫たちが福田の方から来ていると知ったからである。あちらのほうは、皆、仏教徒かと聞いた。彼等はそうだと答えた。切支丹の子孫はいないかと訊《たず》ねた。途端に人夫たちの表情に警戒の色がうかび、うちとけ始めた空気が、また空々しいものに変った。拙《まず》い質問の仕方だったと思う。

●プチジャンは一計を案じて、人夫や大工が道具を入れる小屋に小さな十字架を置き忘れたふりをした。もし彼等のなかに信徒の子孫がいたならば、それをひそかに持ち去る者があるかも知れぬと考えたからである。ところが、今日魚のような顔をした監視の役人が司祭館の戸を叩き、例の十字架を差し出し、もしこのようなものを司祭館以外の場所に持ち出すなら作業は中止せねばならぬと、顔を真赤にして言った。プチジャンはとぼけ、この敷地内は一八五八年の条約で我々の信仰が全面的に認められたのだから、そのような抗議は筋ちがいだと答え、この魚のような顔をした役人を困らせていた。いずれにしろ、人夫のなかには、これで信徒のいない可能性はますます強くなった。

夕凪《ゆうなぎ》。海も町もただ死んだように動かぬ。耐えがたい湿気とこの暑さ。すさまじい蚊の群れ。

鎧戸をあけると、海の匂いと一緒に長崎港の騒音がなだれ込んでくる。ドックの音、自動車の音、それから坂を登ってくるバスのエンジンの音。バスはひっきりなしにこの大浦天主堂の前にとまり、次々と埃くさい詰襟やセーラー服を着た修学旅行の高校生たちを吐きだす。紫色の小旗を持ったバスガールがこの連中をつれて石段をのぼり、入場禁止の聖堂の前にたち、唄でも歌うような声で暗記した説明をはじめる。だが、聞いている生徒など一人もいない。皆、うしろで騒いでいる。

折角、ここまで来ても見物人は聖堂の中に入れてもらえぬ。三年前、そんな一団が、聖器盤をひっくりかえし、蠟燭台をジャン・バルジャンのように失敬したためだそうだが、もっとも高校生たちには聖堂の右手に飾ってある小さな聖母像一つさえ、日本の基督教史にどんなに大きな意味をもっていたかもわからぬのだから無意味だ。

与えられた部屋はちょうど一世紀前にジラル神父が、あの「日記」を書いた部屋だ

そうで、私が鞄の中から、他の本と一緒にそれをとり出すのを見ていたここの若い助祭の今井神父が、

「よく、手に入りましたね」

とほめてくれた。この長崎でもこの本は長崎図書館にしかないそうである。

「塗り変えや改築を、何度もやりましたからね、部屋の恰好は変ってますが、あの人はここに住まわれたと僕らは聞いていいます」

何か足りないものがあったら遠慮なく申し出てくれと私に言って、この若い神父は部屋を出ていった。

日記に書かれた一世紀前の長崎はジラル神父には暗い陰気な町にうつったらしいが、現実に今、窓の外にある港も海も家なみも活気のあるあかるい街である。長崎に来るのはこれで六度目だが、私はここが暗い街だと思ったことはない。

ジラル神父は、この町のことを本心を決して見せぬ老人に比較したが、それは二年の間、かくれ切支丹を探し歩いて、どうしても発見できなかった彼の焦りのせいだろ

う。だから日記の頁をくって、一八六五年の三月十七日、遂に神父たちの前に、かくれの一団が姿をあらわした有名な信徒発見の日以後は、文章の調子も希望にみち、時にはユーモアさえ、ふりまかれている。

あれは一八六五年の三月十七日の昼すぎで、その時、プチジャン神父は、出来上ったばかりの聖堂のなかで祈っていた。外では見物人たちの話声がきこえた。長崎の市民たちは竣工したこの聖堂を「ふらんす寺」と呼んで毎日見物に来ていたのである。監視の役人が幸いいなかったから神父が門をひらいて手招きすると、その二十人ほどがそっと聖堂のなかに入ってきた。彼等はおずおずと奉行所から禁じられた内部を見てまわっていたが跪《ひざまず》いているプチジャン神父に中年の農婦が急に近より早口で、

「どこ、サンタ・マリアは」と言った。

聖像はジラル神父が仏蘭西から持ってきたもので、正面右側の祭壇におかれていた。

「可愛か」農婦は指さされた像に眼をやって小声で叫んだ。「可愛か」それから声をひそめ「ここにおります者はみな同じ心でござります」

プチジャン神父もジラル神父もこの農婦の言葉をそのまま、ローマ字で書きとっている。二年間の努力が、ようやく酬いられた一瞬をありのまま、日記のなかで記録しておきたかったのである。

「その夜は、部屋の仏像も苦にならなかった。嘲るようなあの薄笑いにむかって、余は遂に我々が勝ったではないかと言いきかせてやった。気のせいか、その仏像の顔から笑いが消え、落胆した表情に変ったようである」

その箇所は悦んだジラル神父が珍しく、ユーモアのある気持で筆を走らせたにちがいない。勝ちほこった顔が目に見えるようである。だが私のような男は、この箇所を読むと、突然、漠然とした不安を感じる。暗がりのなかの仏像の薄笑いが、もっとはっきり眼にうかぶのは他の頁よりも、むしろ、ここである。

「あの仏像は、まだ、ここにありますか」

他の神父たちもいるので少し固くるしかった食事のあと、廊下に出て今井神父にたずねると、それは図書室に置いてあると教えてくれた。彼につれられて埃の匂いのまじった小さな図書室に入った。大きな机が二つおいてあって、三方の書棚の中には、基督教関係の出版社でいつでも買えるような本や雑誌がすぐ眼についた。

仏像はその書棚の上に無造作におかれていた。おそらく、ここに来る人には、何の価値もない装飾品としかうつらないだろう。

一米半ほどの高さの観音像である。仏像のことは詳しくない私にも蓮の花を執った左手を胸の前にあげ、右手でその葩《はなびら》にふれようとした姿から、観音だということが、どうやら想像がつく。

下からこの観音像を仰ぎみると、それはたしかに微笑んでいるように思えたが、その微笑みはジラル神父が書いているように、人間を嘲笑する薄笑いにはどうしても思われない。私には毎日の労働に耐えながら寂しそうに微笑んでいるこのあたりの農婦の顔を思い起させる。むかし、写真に見た法隆寺の夢違観音像の表情が、記憶の底から浮んできたが、もちろん、あのような高貴なものではなく、素朴な手で作られた田舎くさい表情をしているのだが、決してそれは、人間を嘲っている薄笑いではなかった。

「いつから、この図書室においてあるんです」

「さあ、僕がここに来た時から、ありましたよ。司祭館に仏像をおくのはおかしいから倉庫にしまおうなどという話もあったんです」

今井神父は特にこの仏像に興味を示さなかった。

西洋人の神父には不気味な表情にみえるこの観音の顔が、日本人の私には別のものにうつる理由を考えた。この二、三年、私には日本における基督教についての考えが、次第に西洋人の神父たちのそれと違いはじめてきたが、そのせいかもしれぬ。
●長崎の日本人たちはこの聖堂を「ふらんす寺」とよび、毎日、二十人ほど見物人がやってくる。もちろん、役人が監視している間は外側で温和《おとな》しくしているが、役人が姿を消すと眼をかすめて中まで覗きにくる勇ましい者もある。たとえ中に入ってこなくても、外の見物人のなかから、信徒を見つけることは、もうそれほどむつかしくない。信徒たちは我々を見ると、そっと右手を胸にあてる約束になっているからだ。固い氷に、一つ穴があけば、そこから春の水がほとばしる。それとそっくりに連日、悦ばしい事が次々と起る。

今日、役人の眼をかすめて、余は信徒の男二人とひそかに打合せをした。余もプチジャンも彼等の信仰生活について訊ねたいことが山ほどある。明日、金比羅山で午後二時に、ひそかにその代表者と落ち合うことに決めた。

彼等は教会も司祭もなくて、どのように洗礼を処理してきたのだろうか。基督教の重要な教義をどれほど記憶しているのだろうか。その祈り《オラショ》は教会がきめた正確な祈りだろうか。

もし彼等が間ちがっていたならば、我々は再び洗礼を施し、本当の教会に戻してやる必要がある。

●木曜日。梅雨の間はあれほど呪《のろ》わしかった雨が降っていたが、余は今日ばかりは感謝した。その雨のために役人は隣の日観寺に閉じこもって、出てこないからである。

プチジャン神父と裏道を通り、町を大きく迂回した。山道は泥で歩きづらく、彼も余も幾度か滑ったが、ともかくも約束の時間に、金比羅山にたどりついた。

雨のなかに、怯えたような人影が一人うろうろとしていた。それは信徒の代表の徳蔵だった。

杉の大木の下で、雨を避けながら、その信仰生活を次々と聞いた。徳蔵は五十歳。片方の眼がつぶれている。その日本語は聞きとりにくい。しかし、色々なことを知ることができた。第一は洗礼の仕方――これは村に子供が生れると、水方とよぶ洗礼役が赤ん坊に水を注ぎつつ、祈りを唱え、霊名を与える。

第二に信仰生活の守り方――これも、爺役という役職の者が、暦をくって、復活祭や四旬節をきめ、その指図にしたがって、皆は集まることにしている。余もプチジャンも、長い迫害の間に、彼等がひそかに祖父伝来の教えを守りぬいたこの智慧と勇気とには感心した。

感心はしたが、その信仰には教会のものとは甚だしく離れた部分も多かった。徳蔵が唱えた祈りも、用語の上で誤りが幾つかある。教義を問うてみても、知らぬことが多い。のみならずそこには基督教とは全く関係のない事柄も混じっている。教会という根を奪われ、教義を伝えるべき司祭もおらぬ彼等の信仰のなかに土俗的な迷信や、仏教のような邪教の言葉が入りこんでいることもこれでわかった。我々はこれから、彼等にあらためて正統な信仰を教え、その間違いを直した上で再洗礼を授けねばなるまい。

だが徳蔵はもっと悦ばしい知らせを与えてくれた。信徒たちはここ浦上だけにいるのではない。浦上から四里ほど離れた海よりの暗崎もまた全員、切支丹だと言うのだ。プチジャンと相談した結果、彼は浦上を引きうけ、余は暗崎を引き受けることにした。

●浦上の信徒たちが、サンタ・マリアをどれほど深く崇《あが》めているかは、聖堂にそっとたずねてくる彼等が最初に言う言葉でわかる。

「サンタ・マリアの御像は、何処にてござりますか」

そして、余が仏蘭西から持参した聖母像の前に立って、長い間、離れようとせぬ。

むしろ我々のほうが、見廻りにくる役人を怖れて、そこから早く立ち去るよう促さねばならぬ時さえある。彼等はいつの間にかこの聖母像を「善かサンタ・マリア」と勝手に呼んでいるのだ。

今日、役人の一人が突然、聖堂にあらわれ、信徒に気づくと荒々しく追い出した。日本人たちはこのような時、全く表面は従順にその命令に従う。腰をかがめ、役人に挨拶をして一人一人、聖堂を出ていったが、三時間後、余がふたたび、聖堂に来てみると、追い出された男のうち二人が、また聖母像の前でじっとそれを見つめていた。その眼はひどく哀しそうであった。

プチジャン神父と、信徒たちの洗礼の祈りを調べた結果、なにか、かなり重要な過ちを発見した。彼等は祖父から長年、教えられたままに「パチオゾ、イン、ノメン・パテロ、ヒリオ、エストラ、スピリツ、サント、ノメン、ヤームン」と唱える。つまり重大なエゴ（我）の一語を落している。したがって、厳しく考えれば、彼等が受けた洗礼はこの祈りでは無効となる。

けれども、それを彼等に知らせるにはあまりに忍びない。あれほどの辛さのなかで自分たちの行った洗礼が、効力がなかったと知らされれば、どれほど歎き悲しむだろうか。プチジャン神父は、日本語では主語を略す習慣があるのに気づき、見のがしたいとさえ言った。

●徳蔵の力で、ふたたび金毘羅山で暗崎村の信徒と会う。ガスパル与作という漁師で、彼はどもりのために徳蔵よりも、もっと聞きとりにくい日本語をしゃべる。

暗崎は、浦上よりもっと貧しいらしく、この男ののら着から出た足はひどく痩せて細かった。

唱えられてるオラショも「天に在《まし》ます」「ガラサ」「ケレド」「科《とが》のオラショ」「憐れみのお母」「コンチリサン」の六つだけで、その他は全く知らない。話をしていると、祖父や父から聞き伝えた聖書の物語を得意気に誦《しょう》しはじめたが余もプチジャンも仰天してしまった。何と、彼等は教会の全く知らぬ話まで勝手に挿入し、それを語り伝えてきていたのだ。与作は旧約の「ノアの方舟」らしい話を暗誦してみせたがそれは、

次のように変っていた。（余はそれを与作の語るままにローマ字にして写しておく）

「段々、人多くなるにしたがい、皆盗みを習い、慾を離れず、悪に傾く。でうす、これを憐れみ給い、パッパ丸という帝王にお告げぞ有りけり。獅子島の目の色、赤くなる時は、津波にて世は滅亡のお告げ被り、帝王は日毎に寺へ参る。しかるに帝王の獅子島を拝むことを、手習いの子とも集まりて、いかがにして獅子島ば拝まるると言えば、脇の方の子供きいて、獅子の目の赤色になる時はこの世界は波にて滅亡する。傍の子供聞いて笑いて言うようは、さても可笑《おか》しき事、塗りたらすぐに赤くなるが、万里もある島の滅亡は思いもよらぬと塗りけり。パッパ丸帝王は、はっと驚き、かねて用意のくり船に六人の子供のせ、一人は足弱きゆえ、残念ながら残しておく。かかる間に、大波、天地を驚かし、片時の間に一面の大海にぞなりける」

我々はともかく、旧新両聖書を出来るだけ早く日本語で訳す必要がある。でなければ、このような荒唐無稽の物語を今後もこの無智な連中たちは子に伝え、孫に教えていくだろう。しかし、なすこと、すべて空しかった昨年にくらべれば、我々には、今、次々と希望があることを主に心から感謝せねばならぬ。

余の仕事を嘲るように笑っていた仏像は、部屋から食堂の装飾品となって一同の冗談の種になっている。

講演会は三時から始まるので、昼食後、今井神父が車で浦上と福田に案内してくれた。

今の浦上にかくれ時代の雰囲気を求めるのは始めから間違っている。暗い深海の魚のように人々の眼を避けてひっそりと住み、禁じられた教えを捨てなかった部落はどこにもなく、その代り、東京の郊外そっくりの、洗濯物を干したアパートや同じような形をした建売住宅が並び、それらの家からラジオの流行歌が聞えてくる。プチジャン神父が、真夜中、信徒たちとミサを挙げた秘密の納屋もなければ、彼等がかくれた黒い森も、祖先が水責めにあった冷たい浦上川も、見つけることができない。

「ここはもう土の臭いはしませんねえ」

幾分の恨みをこめて私は溜息をついたが、この恨みは若い神父には通ぜず、

「そうですよ。何しろ長崎で今、一番、発展しているところですからねえ。地価も、三万円だそうです」

ジラル神父が「ゴルゴタの道」と名づけた街道はアスファルト道路になり、トラックや車が走りまわっている。そのアスファルト道路の何処かに、昔の名残りを残しているものを探したが、一つの記念碑のほか長いかくれ切支丹たちの悲哀を甦らせる樹一本もなく、彼等の暗い毎日を思い起させる農家もなかった。

浦上のあと、海の方に出て福田に向った。本当はジラル神父の日記に出てくる暗崎に行きたかったが、講演まで時間がない。切支丹時代にはポルトガルの船が宣教師たちを乗せて訪れ、多くの信徒が住みついたこの福田も、今は、海水浴場と工場とがあるだけで、工場から流す油の浮いた波が鈍い音をたてて岸壁を洗っている。向うに小さな島がみえ、

「あの島は」とたずねると、今井神父は、

「獅子島です。獅子みたいに見えるでしょう」

あれが、かくれ切支丹たちの語り伝えた話に出てくる獅子島かと私は嬉しかった。ジラル神父が荒唐無稽の物語と非難した挿話はおそらくノアの方舟の話に漁師たちの伝説をつけ加えたものだろう。しかしそのほうが、遠い見知らぬ国の話よりは、この土地に住むかくれたちには、身近な、実感と親しみとがあったにちがいなかったのだ。

三時少し前に講演会場のNホテルに行くと胸に白い造花をつけた信者たちが迎えに出てくれて、ホールは満員だと教えてくれた。私の前に、九州大学の先生がしゃべり、そのあと、私が壇上にたった。

講演は幾度やっても苦手で、特に今日のように信者たちが主体になっている会でしゃべるのは気が重い。誤解されぬかとか、教義に抵触しないかという不安が、話している途中でも、時々、口ごもらせる。聴衆のなかに、ローマン・カラーをつけた神父や神学生や修道女たちが並んでいるのを見つけると、それだけでも、私はためらう。

日本人の宗教心理というテーマで、この二、三年、自分がひそかに考えていることを、額に汗をかきながら説明しはじめた。もし、宗教を大きく、父の宗教と母の宗教とにわけて考えると、日本の風土には母の宗教――つまり、裁き、罰する宗教ではなく、許す宗教しか、育たない傾向がある。多くの日本人は基督教の神をきびしい秩序の中心であり、父のように裁き、罰し怒る超越者だと考えている。だから、超越者に母のイメージを好んで与えてきた日本人には、基督教は、ただ、厳格で近寄り難いものとしか見えなかったのではないかというのを私は序論にした。だが、その序論を語った時、前列でノートをとっていた修道女が、急に、万年筆を走らすのをやめ、真中にいた外人神父が隣の同僚に何か耳うちするのに気がつくと、私はもう狼狽《うろた》えだしていた。彼等は私の話が教義に抵触するので不満をもちはじめたのかもしれぬ。しゃべり終った時は、ひどく疲れを感じた。質問はなく、むしろその方が私を安心させた。

講演のあと、別室で、有志だけでティ・パーティがあった。黒い服を着た聖職者やこの街の信者代表や眼鏡をかけた修道女が部屋のあちこちに集まっていた。その服装を見ただけで当惑と、ここから早く逃げだしたい気持にかられる。私はそれでも微笑をうかべながら眼鏡をかけた日本人修道女と紅茶を飲み、あまりうまくもないサンドイッチをたべた。こういう感情は昔からあったのだが、この四、五年、それはますます私のなかで強くなっている。そのくせ、私はみんなの笑いに無理に笑顔をつくっている。

「あなたの話は興味あったですけどねえ」

一人の血色のいい、体の大きな外人神父が私に礼儀ただしく挨拶をして、

「しかし、あなたの考えは基督教的というよりは、浄土的ですよ」

周りの人たちはその流暢な日本語を冗談と受けとって声をたてて笑ったが、私は傷つけられ哀しかった。これと同じ皮肉や非難の言葉を東京で数多くの聖職者たちから私はきかされた。彼はそれを知っていて、口にしたのかもしれない。

「でも、外国で育った宗教が日本のような風土のなかに根づくには……」

反駁《はんばく》しようとしたが、あとがうまく続かぬ私に、

「基督教は我々にとって」司祭はパイプを口にくわえたまま少しきびしい表情で「宗教じゃありませんよ。国や民族を超えた真理ですよ」

そう言われれば、こちらは言いかえす言葉がなかった。子供の時、洗礼をうけた私にはやはり、司祭の黒い服やローマン・カラーには無言の圧力を感じる。

「いい話でしたよ。みんな悦んでいましたよ」

帰りの車のなかで、坂道をのぼりながら今井神父は私を慰めた。坂の上からは湾内の灯をつけた船が見えた。しかし、その慰めが私を憂鬱にさせる。教会に泊るべきではなかったと、そろそろ後悔しはじめていた。もし旅館にでも宿泊していたら、今夜、私は酒でも飲みに出かけたにちがいない。

「その服装で長崎の街を歩いて、日本人としての違和感はありませんか」

神父は、車を巧みに運転しながら私の皮肉に気づかず愉快そうに笑った。

「長崎ではみんな見なれていますからねぇ。ふりむきもしませんよ、修道女なんか、かえって幼稚園の子供に悦ばれるくらいです」

「どうしてです」

「修道女の服は忍者の衣裳に似ているでしょう。だから忍者だ、忍者だと、子供たちは集まってくるんですよ」

●暗崎は戸数百戸。五百人ほどの住民である。前は岩の多い暗い海で背後は三百米ほどの山。大部分は漁師だが、同時に狭隘な土地を耕し、貧しさは、浦上より更にひどい。徳蔵の姉がここの友吉とよぶ漁師に嫁いでいるため、この友吉と与作を余の助手として、連日、布教に努める。

役人に気どられぬよう暗崎に向うのは深夜である。日観寺に詰めている役人も従僕の与右衛門も、大体七時頃、引きあげるので、プチジャンと余とは、真夜中、司祭館を出て、途中で彼は浦上に、余は暗崎にと別れる。金比羅山にて友吉か与作が余を待ち迎え、そして二里の山道をおりる。村はずれには万一に備えて見張りをたて、信徒たちは、五十人ほど納屋に集まってくる。

油燈で照らしだされたその顔が主人を仰ぐ犬のように余をじっと見る。男も女も襤褸《ぼろ》に等しい衣服でわずかに身をかくし、小さな子供たちはほとんど裸で、老人、老婆には傴僂《せむし》が多い。

長い間の過重な労働のためである。余は子供たちに皮膚病の多いのに気づき、仏蘭西領事よりもらった薬を与えたが、親たちは涙を流しながら悦んだ。

彼等はほとんど笑わない。苦しい生活が笑うことを奪ってしまったかのようである。食い入るように余の日本語に聞き耳をたてている。余は彼等のことを思う時、奇妙な話だが燃えた蠟燭を考える。溶けて醜い形をしながら、しかもその小さな火をゆらめかせている蠟燭のような気がする。

友吉の説明によればこの暗崎村には昔から、いつの日か、聖母マリアの旗をたてた船に乗って、宣教師が再びやって来るという言い伝えがあり、それを彼等は祖先代々、固く信じ、それを頼りに生きてきたと言うのである。余はその話に言いようのないほど感動した。

●横浜の管区長からの手紙で、やはり、浦上及び暗崎の信徒たちが従来行っていた洗礼式は無効と決定した。彼等を失望させるのはプチジャンにも余にも耐えがたかったが、意を決して、それを今夜、皆に話した。彼等の悲しみと騒ぎを見るに忍びなかった。「ならば、死んだ爺さまは地獄《インフェルノ》に陥るとでござりまするか」と友吉も必死で余にたずねる。

祖先を慕うことの強い彼等は自分たちの祖父母や父母が、無効の洗礼で天国《ハライソ》に行けなかったのではないかと不安がり騒いでいるのだ。余は彼等をなだめ、彼等があらためて洗礼を受け、祖先のために祈れば決してそのようなことはないと安心させ、友吉と与作とに、重要な祈りと洗礼の仕方とを教えて、一同にもふたたび、教会の基督教に戻ることを勧めた。

●友吉、夕方、聖堂に来り、再改宗の洗礼を受けた者、今日まで百十人で、部落の大部分もそれを望んでいると言う。だが、その悦ばしい報告のあと、少し当惑した表情で彼は口ごもった。四人の者が、余の来訪を悦ばず、部落民がまことの基督教に戻ることに反対していると言うのである。

少し意外であった。プチジャンの赴く浦上の部落では一人として再改宗を拒む者はなく、全員、悉く、教会による洗礼を心から願っていると聞いたからである。

余に好意を持たぬ者は太郎八、助右衛門、万蔵、仙造の四人で、特に爺役をやっていた万蔵が、最も強硬に、仲間が余の話をきき、余の教えた教会の祈りを唱え、再洗礼を受けることを、非難していると言う。この四人は今日まで、水方（洗礼を授ける役）、お張役（暦をあずかる役）、爺役（司祭の代りをする役）などの、重要な役を代々勤め、部落民にとって、いわば聖職者の代りを勤めてきた者たちであるから、その地位を余に奪われることを怖れているかもしれぬ。

友吉に聞きだすと、事実、彼等は洗礼を授ける権限のない与作までが余の助手を勤めていることを怒っているという。

友吉が戻ったあと、余はプチジャンとロカーニュに以上の件を相談すると二神父は、この四人に逆らわず、むしろ彼等を悦ばすほうが上策ではないかと言った。即ち、今まで水方やお張役であったこの連中に、その権限を奪わずにそれぞれ役目を続けさせ、その虚栄心を充たしてやればよいと言うのだ。なるほど、これはこの際、賢明な解決策であろう。

●日観寺に詰めている例の魚のような顔をした役人が来て、このところ、聖堂の内部と司祭館に日本人の姿を見ることが多いが、今後はもし禁を犯したものがあれば容赦なく罰するであろうと通告した。

プチジャンが笑いながら葡萄酒をすすめたところ、その二名の役人は始めは手を出さなかったが、やがて飲みはじめ、顔を赤くして上司の不平を呟き、我々の国について儀礼的な質問をしたのは滑稽であった。

●暗崎にて太郎八、助右衛門に会う。余は自分には世俗的野心の全くないことを説明し、この部落が、かつて彼等の祖先がそうであったように、ふたたび教会の大いなる翼の下に帰ることしか余は願わぬと言ってやった。そして水方やお張方、その他の役は、従来通りこの四人に続けてほしいと頼んだところ、意外に簡単に二人は余に力を貸すことを約束した。やはり彼等の感情は、余が想像していた通り嫉妬によるものであった。

●部落民の最も好む祈りは、聖母にたいする「ガラサ」であり、主の母にたいする愛着は驚くべきものがある。

●今日、感動すべき小事件があった。余の話が終った後、二人の老婆が与作に伴われ、余に恥ずかしげに紙を渡し、闇のなかに逃げるように姿を消した。紙を開いてみると中に十六文入っていて、与作の説明によると、この二人の老婆は、死んだ祖先のためこの十六文で祈ってほしいとのことだった。

余は固く約束し、金を返そうとしたが、与作は哀しそうに首をふって受けとらなかった。

●太郎八、助右衛門についで仙造も余の申し出に応じたが、万蔵は、いかなる説得にも耳を貸さぬそうである。彼は余のことを「あれは、まことのパーデレではなか」と部落中に言いまわっていると言う。その理由は、余の服装が、祖先代々、語り伝えてきた昔の宣教師とあまりに違うからだと言う。まことのパーデレは、縁のひろい帽子をかぶり、髪の真中を丸く剃っていると、聞き伝えてきたのに、帽子もかぶらず、髪ものばし、昔より教えられた祈り《オラシヨ》とはちがう祈りをひろめる余は偽物だと、万蔵は滑稽にも主張するのである。

この哀れな年寄りを説得するため、友吉につれられて余は部落のはずれにあるその家を訪問したが、戸を固く閉じて出てこない。声をかけても答えない。半時間、むなしく戸を叩いた後、締めて引きあげる。

●余は、今日、納屋での説教中、次のことを皆に命じた。

一、今後は、余の教えた以外の聖書物語を信じぬこと

二、治療、病よけなどのために木の十字架を焼いて飲まぬこと

三、教会の認めたる聖人以外を聖人と思わぬこと

と言うのは、彼等の言い伝えた聖書の話には、いつぞやの「ノアの方舟物語」のように荒唐無稽のこの地方の話がいくつも織りこまれていることが次々とわかり、余を

仰天させたからである。また彼等は邪教徒の迷信のように、病人などが出れば、十字架の形に作った木を灰にしてそれを飲ませ、あるいは、自分たちの祖先を勝手に聖人と見なして救いの取りつぎを祈っているからである。教会の根から離れた長い歳月、この部落の信仰には迷信や神道や仏教が知らぬうちに混じたのは無理もなく、それを一挙に矯正することは彼等を徒《いたず》らに不安にさせると思っていたのだが、もはや万蔵を除いた部落民が再洗礼を望んでいる現在、余は多少の混乱はあっても正道に戻らすべきだと思う。

●納屋で三十人の告解を聞いた後、友吉、太郎八、仙造の三人につれられて、ふたたび万蔵の家に説得に赴く。月あかるく、村をつらぬく街道は川のように光り、両側に押しつぶされたような農家が並んでいる。牛糞の臭いがする。この憐れな貧しい部落が波濤万里、この国にやってきた余に与えられた最初の教区であると考えて、感慨無量だった。

万蔵の家は部落から少し離れた場所にあり、この時刻、もちろん灯もともっていない。友吉の話によれば万蔵は自分の家族にも、余の話を聞くことを禁じているそうである。表戸を叩いたが返事はなく、友吉、太郎八が裏にまわり、牛小屋から声をあげて、

「爺さま、いつまでも強情はらずと話ばするだけ、したらどうじゃ」

と呼びかけたが、戸を閉じたまま、家中、寝たふりをしている。余は表にたって、先日、太郎八、助右衛門に言いきかせた言葉をそのまま繰りかえすと、やがて家の中より、

「お前さまは、まことのパーデレはなか。お前さまの祈り《オラショ》はまことのオラショではなか」

と罵る声がしたあとは、いかなる説得にも答えようとしなかった。遂に余はこの強情な年寄りは当分、見捨てることにして、友吉に金比羅山まで送られて、黎明《しののめ》、長崎に戻った。

今日もこの大浦天主堂の前には、絶え間なくバスとタクシーが集まり、新婚旅行らしい男女が、白い天主堂を背景にあちこちで写真をとり、修学旅行の女子高校生が、向い側の土産物屋で絵葉書を漁っている。だが夕暮になるとその騒ぐ声やエンジンの音が消える。あたりが静寂に包まれる。

どの教会よりもこの天主堂が私は一番好きだ。東京の偽ゴチックや偽ロマネスク風の教会には私を反撥させる嘘の雰囲気があるが、夕暮、静まりかえったこの聖堂の椅子にじっと腰かけていると、心は少しずつ素直になってくる。この聖堂だけは、日本人の職人が、ただプチジャン神父の見せた絵と図面を頼りに、自分の手と智慧で思案しながら作りあげた素朴さと正直さとがある。

浦上のかくれ切支丹たちがそのそばから動こうとしなかったあの聖母像は、夕方の光に照らされて正面の右手にある小さな祭壇にのせられている。

幼い基督をだいてこちらを見おろしているこの像は、当時、日本では珍しかっただろう。しかし今では東京のどこの教会の売店にも売られているものだ。

夕暮、次第に暗くなりはじめた聖堂のなかで、私の耳に、「サンタ・マリアの御像はどこにてござりますか」腰をかがめそっとジラル神父にたずね、おずおずとその下にかがみこんだかくれの男たちの声が聞えてくる。

昨日の講演会のあと、話しかけた外人司祭の大きな、自信ありげな顔がまだ心に残っていた。彼が冗談めかして言った非難も忘れてはいなかった。そしてそれと同じ非難は東京で幾度となく、外国の宣教師たちから私は受けたものだった。私が書いた小説は、所属する教会の日曜日の説教で、信者が読んではならぬ本の一つにあげられた事もあったが、あの日私はひどく憂鬱だった。

「しかし、なぜ」

と、無駄とは思いながらも暗い聖堂のなかでまるでそれが祈りの代りでもあるように呟いてみる。昨日講演会のあとのパーティで会ったあの自信ありげな、血色のいい外人司祭の顔が、百年前のジラル神父の顔に重なる。ジラル神父も今の日本に来ていたならば、自分の考えにあくまでも確信をもち、大きなパイプを口にくわえ、室内を大股で歩きまわっていただろう。

「しかしなぜ、かくれたちは、ここに足を入れた時、マリアの像だけを探したのですか」

サンタ・マリアの御像は何処という、かくれたちの最初の有名な言葉は、この天主堂で手渡すパンフレットにも書いてある。向い側の土産物店で売っている絵葉書や栞《しおり》にも印刷されてある。修学旅行の高校生たちの前でガイドを兼ねたバスガールが、唄でも聞かせるようにこの聖堂の由来を説明する時にも忘れずに織りこむ話である。

そしてジラル神父はそのかくれたちの言葉にひそむ深い秘密を考えようとはしなかった。なぜ彼等はデウスや基督の像ではなく、サンタ・マリアの像しか探さなかったのか。おそらく、あのパイプを口にくわえた外人司祭も、この秘密を気にもしないだろう。

暗くなった聖堂を出ると、石段の下に立っていた今井神父が私に手をあげ、

「電話かけておきましたよ。飛行機の切符はとれたそうです」

私は彼に、少し散歩をしないかと誘うと、

「いいですよ。ちょうど僕も暇な時間ですから」

大きな楠と古い木造の洋館がこの石段の坂道の静かさを一層ふかめている。このあたりだけが今の長崎で明治初期の面影を残しているようだ。まだ一組の新婚夫婦がそんな楠の下で、たがいに写真をとりあっていたが、

「僕がシャッターを押してあげましょうか」

今井神父は、気さくに、その夫婦に声をかけた。夫のほうと神父とは、ほとんど同じ年齢にみえた。

「おねがいします」

若い夫はカメラをわたし、細君の肩に手をかけてポーズを作った。私は、この夫も悪びれず親切をしてやれる今井神父も羨ましかった。神学校時代、フットボールが強かったと、昨日、自慢していた彼のアルバムが心にうかんだ。そのアルバムには、外人神父たちと陽気に肩をくんでボールを前においている彼の二世のような顔がうつっ

ていた。

「この先に、十六番館という陳列館があったでしょう」

そばに戻ってきた彼に話しかけると、

「つまらないですよ。五十円も入場料をとって、昔の外国人のベッドや家具をみせるだけですから」

「しかし、あそこに足指の痕《あと》がかすかに残った踏絵がありましたよ」

「そうですか」神父は別に関心もなさそうに答えた。

「気がつかなかったなあ」

まぶたの裏に、幾度も見たその踏絵が、ゆっくりと浮んだ。ピエタの銅版をはめこんだ木の枠の一部が、かすかに黒ずんでいる。長い間にそれを踏んだ者たちのよごれた足の痕があそこに残ったのだ。

「大浦天主堂にきたかくれたちは毎年一度は、踏絵を踏まされたのを知ってますか」

神父はもちろん知らなかった。

「あの連中は長い長い間、自分の本心をみせず、外には嘘をついて生きてきたんですよ。そんな連中には、出来の悪い子さえ許してくれるようなお袋がほしかったんでしょう。彼等はだから母親をもとめたんですよ。マリア観音だけが彼等の支えだったんです」

「昨日のお話と同じ理屈ですね」

今井神父はうなずいてくれたが、それが私にたいする礼儀上から答えてくれたのはよくわかっていた。

「いや、私が言いたいのは、日本人はどの宗教にも母親の姿を求めるのです」

今井神父は黙っていた。理屈っぽい話は彼は苦手らしかった。信じたことを行動で出すほうが自分の生き方だと彼は説明した。

●今後、彼等に「神寄せの祈り《オラシヨ》」を唱えたり、主の御名を使って呪《まじな》いをする悪習を厳しくやめるように命じた。先日からプチジャンも余も、再洗礼を受けた者までが、教会の認知しない祖先伝来の、迷信的なオラショを相変らず唱えているのを知ったからである。それは偶々《たまたま》、仙造にオラショを言わせたところ、主や聖母の御名のあとに惣平衛だの五郎作だのという祖先やオトヒメなる名を並べているのに仰天して問いただしてみた。

するとと仙造は乙姫とは海に住む漁師を守る美しい女だと答えた。その時の余の落胆は筆舌につくしがたかった。

「お願い奉る。天地御進退なされましたるゼスス・キリスト教。御母サンタ・マリア様。一本杉の惣平衛様。大石の五郎作様、安頭山の奥の院様、我々の御先祖様、竜宮の乙姫さまに頼み奉る」

仙造はそれを嗄《しわが》れた声で歌いあげるように唱え、この祈りを暗崎の信徒たちは、「朝は拝みたて、晩は御礼と、ごっとり唱えおりまする」と得意そうに答えるので、余はあわてて、それがまことの祈りでないことを教えたが、仙造は非常に情けなさそうな顔をした。

呪いも意外と信徒たちによく行われている。余が禁止した木の十字架を焼いたものを病人に飲ませる習慣のほか、縄で作った鞭で、家を叩き、悪魔を追い払う習慣などもやめさせねばならぬ。

●彼等は好んで聖母の話を聞く。多くの迷信や呪いにもかかわらず部落民に今日まで基督の教えを守りつづけさせたのは、聖母にたいする素朴な愛情のためである。余が、十字架にかかられた御子を苦しみに耐えながら見た聖母の話をすると、老人、娘たちは泣きはじめ、また聖母の祈りによって罪ゆるされた多くの者について語るとまた泣きながら耳かたむけている。

●万蔵は部落民の誰からも相手にされぬ。余にたいする彼の罵言《ばげん》も、女子供に至るまで「仕方なか爺さまじゃ」と笑って聞こうとしない。憐れなこの年寄りは、滑稽にも、昔の権威をすべて失ってしまったのである。

友吉の話によると、万蔵の孫娘は友吉に自分も皆と同じく再洗礼を受けたいのだが、許してもらえぬのが辛いと語ったそうである。

余は娘たちに、一日も早く「爺さまとその家族」が教会の大いなる翼の下に戻るよう祈ることをすすめた。

●プチジャンの話によれば先日より浦上に見知らぬ男が徘徊しているとのことである。信徒たちはおそらく奉行所の役人ではないかと大いに不安を感じ、集まりを当分、行わず、プチジャンも今夜からは、部落を訪問せず、彼等が聖堂に来ることも禁じたという。

しかし、日観寺の役人には特に変った動きはない。

●今日、思いがけず万蔵に出会った。想像していた以上の年寄りで、足も悪いらしく木の杖をついていた。(あとで友吉に聞くとその杖は、爺役の権威を示す杖で部落では万蔵のみが持つ権利があるという)道のかたわらから余を睨み、口のなかでぶつぶつ罵言を呟いていたが、余と友吉がひたすら説得しても、頑迷に杖を余に向けて、何かわめくだけであった。その罵言のなかで余がようやく理解しえたのは「お前さまの祈り《オラシヨ》はまことのオラショでなか」「お前さまの話はまことのゼスス様の話でなか」の二つだけである。

　この憐れな年寄りにとってまことの祈りとは神寄せのオラショのように、祖先たちに救いの取りつぎを願うことであり、まことの基督の話とは、その祖先代々、伝えられてきた物語なのである。何処の国でも老人の気持を変えることは、砂の上に魚を生かすより難しいものだ。
●信徒たちがその祖先に持つ愛情は驚くべきものがある。仏蘭西の農民にもこれほどの感情を見たことはない。彼等はいつか二人の老婆のごとく、十文、十五文の金を（その金は貧しい部落民には貴重なものにちがいないのに）余に渡し、死んだ母親のためミサを立ててくれぬかと頼んでくる。金のない者はおずおずと卵や野菜を持ってくる。その自尊心を傷つけぬ限り、それらを返すことにしているが、返せば彼等の顔は曇るのである。
●朝がた、納屋で告解を聞いていると、騒がしい物音がきこえた。万蔵が信徒を嫌がらせるため告解を待っている女たちを罵っていたのだった。女たちはさすがに、怖れて万蔵を遠まきにし、友吉、与作たちが懸命になだめたが、言うことをきかない。余は納屋を出て万蔵と向きあい、その頑な心が一日も早く解かれるよう頼んだが、「お前さまのオラショはまことのオラショではなか」と彼は先日と同じことを繰りかえした。

「お前さまの話はまことのゼスス様の話ではなか、わしらのオラショは父さまや爺さまが畠ば耕し、舟こぎながら、心の底から唱えとったオラショじゃぞ。お袋さまが、わしらばだきながら唱えとったオラショじゃぞ」

女たちも、友吉も与作も、黙って万蔵の声を聞いていた。まるでその声は遠まきにした信徒たちの心をゆり動かすかのように見えた。太郎八と仙造がようやく、まだ叫びつづけている彼をだきかかえるようにして遠くにつれて行った。だが、引きずられながら、年寄りは叫びつづけていた。「わしらのオラショは父さまや爺さまが畠ば耕し、舟ば漕ぎながら心の底から唱えとったオラショじゃぞ。お袋さまが、わしらばだきながら唱えとったオラショじゃぞオ」余も意を決し、一同に、余の教えをえらぶか、万蔵の言うことに従うかは皆の自由であり、その自由は妨げないと言って納屋に帰った。やがて、祈りながら待っている余の耳に、おずおずとした足音がきこえた。一人、一人、男たちも、女たちも納屋のなかに戻ってきたのである。それは余にとって当然のことながら感動的な光景だった。

●横浜管区長からの便り。我々の要請により、横浜からあらたにフューレ神父とクゼン神父とが長崎に赴任することとなった。クゼン神父とは、沖縄において共に日本語を学んだ間柄であるが、これらの両神父は、五島、生月《いきつき》に散在している多くの信徒たちを指導することになろう。

●浦上にふたたび、見知らぬ男があらわれ、子供たちに、ここに外国人は来ぬかと訊ねた由。奉行側も我々の行動に漸《ようや》く気づいたらしく、プチジャン神父、ロカーニュ神父と今後の対策を協議する。

帰京する飛行機は午後三時なので、今井神父にたのみ早朝のミサのあとすぐ暗崎まで連れていってもらう。暗崎は長崎から大村に行く国道の途中で左に折れた方向にある。

日曜日のまだ九時すぎというのに意外と道は混んでいる。東京の郊外と同じように、ここも折角の林や、丘陵を、ブルドーザーが容赦なく崩してガソリンスタンドやドライブインが至るところにある。

むかし信徒や宣教師たちが、さまざまな思いで見つめた風景もあと五年もすればすべてなくなってしまうだろう。

今井神父の話では大村湾は近く埋め立てると言うのだ。

パブリカの窓からそれでもジラル神父が日記で書いた「悲しい村」を私は探していた。「この村を丘の上から眺めると、余は言いようのない感動と悲しさとをおぼえる。あわれな小動物が人間たちに見つからぬよう身を縮めている――それが暗崎の姿だったのである。彼等は長い歳月、貧困と迫害にじっと耐えながら、たった一つの小さな火を守りつづけた」日記のその言葉を私は憶えていたし、それを二年前に読んだ時に、心に空想したこの村のイメージも忘れてはいなかった。晴れた日で海にそって、今井神父の車は気持よく走ったが、それらしい村は見えない。

「あと、どのくらいですか」

とたずねると、神父はギヤーを入れかえながら、

「いや、もう暗崎町ですよ」

「悲しい村」など何処にもなかった。アスファルト道にそって工場があり、それから白っぽいガソリンスタンドがあり、やがてパチンコ屋や映画館さえみえる町に入る。浦上と同じようにそれは私の住んでいる東京郊外とそれほど変りはなかった。

「暗崎村ですか。これが」

「そうですよ。今は町ですがね。浦上と同じように土地ブームでみんなホクホクです。長崎に通うサラリーマンも随分、住んでいます」

事もなげにそう説明する神父が少し恨めしく、私はしばらく黙りこんでいた。

「まだミサをやっているかな」

神父はハンドルの横の時計をみて、

「一寸《ちょっと》、ここの教会に寄りましょう。主任司祭が僕の友だちでしてね」

来るんじゃなかったと私は次第に後悔しはじめ、そしてこれと同じ感じを、七年前エルサレムに行った時、味わったなと思った。あそこではゴルゴタの丘も土産物屋で埋まり、アメリカ人の観光客の乗った大型の車からブギウギが鳴りひびいていたのだ。その時も、来るのではなかったと一日中、私はホテルで舌打ちばかりしていたのである。

一番、私の嫌いな形をした教会がみえた。安っぽい洋菓子のような形をして白い塔と十字架のついた教会である。東京のどこにでも眼につくような教会である。それは一昨日の講演に出てきた日本人の修道女たちの恰好を私に思いださせる。身に合わぬだけでなく、醜悪なあの修道女たちの服装や恰好に似ている。

ミサはまだ終っていなかった。聖堂には左手にヴェールをかぶった女たちがずらりと並び、右には男たちが跪いたり立ったりしていた。子供たちを叱る小声や咳があちこちでする。彼等は声をあわせて、最近、教会が決めた祈りを唱えていた。

主はみなさんと共に
また司祭と共に

司祭が「心を高め」というと、信者たちは「主を仰ぎ」と応じ、

わが神なる主に感謝いたしましょう
それはふさわしく、正しいことです

眼をつむって私はその唱和を聞くまいとしていた。これは祈りではなかった。祈りと言うのは人間の汗や泪《なみだ》が感じられ、血の通い、心にしみる言葉の筈だった。日本語とも翻訳ともわからぬこの祈りは私にはただ気はずかしさを起させるだけだった。祭

壇で司祭は身をかがめ、カリスを握っていたが、私はどうしても心を集中させることさえできないのが苦しかった。そして私は左右の男たちの顔のなかにジラル神父が書いた仙造や与作や友吉の姿を思いうかべようとしたが、無駄だった。私はただ万蔵のことを考え、杖をふりあげながら神父にむかってお前さまのオラショはまことのオラショではなかとわめいたあの場面のことだけを思いだしていた。「わしらのオラショは、爺さまやその父さまが畠ば耕し、舟ば漕ぎながら、心の底から唱えとったオラショじゃぞ。お袋さまが、わしらをだきながら唱えとったオラショだぞ」その言葉の一語一語が悲痛な調子をおびて浮んできた。

ミサが終り、皆にまじって聖堂の外に出ると、陽のあかくさした出口に神父がたっていた。今井神父は自分の神学校時代の親友で、ここの主任司祭だと紹介して、

「僕と同じようにフットボールが強い人でしてね」

私が微笑すると、彼も笑いながら、

「でもまたどうして、こんな町まで来られたんです」

「ジラル神父の日記を読まれて、感動されたものだから」

今井神父がかわって説明してくれたが、

「いや、あの日記に出てくる万蔵という老人に興味があったんです」私はむきになって、

「あの万蔵の子孫はまだかくれですか」

主任司祭はそれには答えず、手をあげて、聖堂を出ていく信者たちの中から、

「村田さん、村田さん」

と呼んだ。

サラリーマン風の若い男が、五、六歳の女の子の手をひきながらそばに近よってくると、神父は、

「この村田さんが万蔵さんの子孫ですよ。もちろん、今は御家族全部カトリックです」

女の子をつれたその若い父親は、私に照れたような笑いをうかべて頭をさげ、私も

笑いをつくって女の子の少し暖かな髪に手をおいた。

（『群像』昭和四十四年二月号）

解説

書き手の秘密

『沈黙』の場合

作家 加藤宗哉

七十歳を目前にした遠藤周作先生が、ある日、長崎へ出かけて行った。古い手帳に確かめると、平成四年、三月終りである。最後の病床につく直前のころと言える。もちろん、長崎はそれまでにも幾度となく訪ねている。とにかく『沈黙』の舞台なのであり、本書のなかの言葉を借りれば、そこは「自分の心の鍵がピタリと合う鍵穴を持った街」(87ページ)でもある。その長崎への旅に私が同行したのは、「『沈黙』へのどんな質問にも答える」との先生の一言があったからである。生まれて初めて、おおっぴらに、『沈黙』について訊ねることができる。私は昂奮した。出かける前の東京で半日、長崎で二日間、『沈黙』の作者は自作について飽くことなく話した。これまで明かしてこなかった想い、つまり計算違いや悔い、そして小説家の覚悟——その模様はブック&ビデオ『沈黙の声』(プレジデント社)に収録されたが、その時に書き下ろされた百ページに及ぶエッセイが、本書冒頭の「沈黙の声」なのである。『沈黙』刊行から二十数年が経った日、著者はようやく、自身の代表作のすべてを映像（＋音声）と文字とで語り尽くしたのである。しかしこれは、いわば好事家用の本とも言えた。

遠藤周作の代表作が『沈黙』であることは、多くの読者の認めるところだろう。私が思い浮べるのは、平成八年、七十三歳で逝った先生の棺に、『沈黙』が入れられていた光景である。遠藤順子夫人は言った。

「『沈黙』と『深い河』を入れてくれ、と言われていたの」

七十を過ぎてからの闘病生活のなかで書きあげた『深い河』を別にすれば、やはり作家人生の転機となった『沈黙』こそが、忘れがたい仕事なのである。

十年前に行われた「昭和文学（戦後～昭和末）ベストテン」のアンケート（平成十九年「三田文學」秋季号）でも、『沈黙』は高い順位を得ている。作家たちからの回答（112通）では第2位（ちなみに1位は大岡昇平『野火』）、三田文學会員の回答

（215通）では第1位（2位は三島由紀夫『金閣寺』）であった。『沈黙』が21世紀においても評価と人気を集めているのは、今年になってその文庫版が200万部を超えたことからも窺える。

もっともこうした状況には、今年初めに公開されたマーティン・スコセッシ監督「沈黙―サイレンス―」の影響も見逃すことができない。ハリウッドの巨匠によるこの映画は、限りないほどの正確さで遠藤ワールドの精髄を掬《すく》いあげ、観る者の心を揺すった。よくぞここまで原作の意図を汲みとったと、誰もが感嘆した。それでいて、ラストシーンでは原作にない場面を描き、小説の意図さえをも見事に、しかも美しく伝えてみせたのである。「これこそ、先生に観せたかった」と私でも思った。

同時に、もしやスコセッシ監督は翻訳もされていない書「沈黙の声」をいずれかの方法で手に入れたのではないか、いや読んだに違いないと、私は思ったのだった。「沈黙の声」で明かされた原作者の技法的な悔い、誤読への怖れ、さらには書き手の覚悟といった問題は、映画においてはすべて解決されていたからである。

しばらくして私は、一人の日系アメリカ人画家からの連絡を受けた。『沈黙』について話をしたい――という。私はよろこんで出かけたが、彼は映画「沈黙―サイレンス―」の撮影が行われている台湾からアメリカへの帰途、日本に寄ったのだった。スコセッシ監督からの依頼で、映画製作のアドヴァイザーを務めているという。そして自身も、まもなく遠藤文学に関わる著書を上梓するらしかった。私たちはその日、午後いっぱいの時間を使って話しあったが、彼を画家だと思っていた私の理解は、話しはじめてすぐ、完全に覆された。それほどに遠藤文学への理解は深く、正確であった。

やがて映画が完成して日本の劇場でも公開がはじまったころ、著書が送られてきた。マコト・フジムラ『沈黙と美――遠藤周作・トラウマ・踏絵文化』であった。遠藤文学を読み込むことに多くのページをさいた、極めて上質で魅力に充ちた文化論だったが、『沈黙』を読み解く手がかりとして、各所に「沈黙の声」からの引用が置かれているのに私は気づいた。――まちがいなく、と私は思った。彼は「沈黙の声」で明かされた書き手の秘密をスコセッシ監督に教えた、と。

何を彼が教えたか、それは本書を読めば明らかなのだろうが、余計なことと知りつつ例を挙げてあげてみよう。

▽もう一人の主人公・キチジローを、〝マカオから日本に帰って来るキリシタン〟にしたのはなぜか。▽棄教する司祭のうち、フェレイラは実名で書き、ロドリゴ(主人公)だけを仮名とした理由。▽『沈黙』というタイトルは今なら付けなかった」という言葉の意味はなにか。▽「鶏が鳴いた」や「長い夜」と書くにはそれなりの意味があった、という理由。▽転んだフェレイラやロドリゴに「信仰が足りないからだ」と責める読者へは、「私は激怒する」と声をはりあげるのはなぜか……等々。

最後に、やはり「沈黙の声」のなかの〝誤報〟について触れておくべきかもしれない。「『沈黙』の生原稿が消えてしまった」と著者は書き、それは「学生が(略)風呂の焚き付けにして燃やしてしまった」からだとしているが、実はのちにこの生原稿(原稿用紙の裏面にこまかな鉛筆文字で書かれたもの)はすべて発見されている。著者の好んだ冗談話という感もあるが、当時出入りしていた私たち何人かの「学生」としては、あらぬ嫌疑が晴れたようで、正直のところほっとしている。

二〇一七年十一月

＊——初出

「日記（フェレイラの影を求めて）」『批評』一九六七年四月号
「父の宗教・母の宗教」河出書房新社『文藝』一九六七年一月号
「切支丹時代の智識人」筑摩書房『展望』一九六六年一月号
「基督の顔」文藝春秋『文学界』一九六〇年五月号
「ユダと小説」風景写真出版『風景』一九六二年十二月号
「母なるもの」新潮社『新潮』一九六九年一月号
「小さな町にて」講談社『群像』一九六九年二月号

この作品は一九九二年七月、プレジデント社より刊行の書籍を新装復刊、新書化したものです。

遠藤周作《えんどう・しゅうさく》

一九二三年東京生まれ。慶應義塾大学仏文科卒業。十二歳でカトリックの洗礼を受ける。一九五五年『白い人』で芥川賞を受賞。日本の精神風土とキリスト教の問題をテーマにして数々の名作を執筆、また狐狸庵山人を名乗りユーモア小説や、軽妙なエッセイで女性たちの圧倒的人気を博す。

一九六六年『沈黙』により谷崎潤一郎賞を受賞。一九七〇年ローマ法王庁から勲章受章。一九九五年には文化勲章を受章。代表作に『わたしが・棄てた・女』『海と毒薬』『イエスの生涯』『侍』『深い河』また、『生きる勇気が湧いてくる本』（小社刊）などがある。一九九六年九月二十九日逝去。二〇一七年マーティン・スコセッシ監督による映画『沈黙—サイレンス—』が公開された。

沈黙の声

二〇一七年十一月二十五日　第一刷発行
二〇二三年六月十八日　第二刷発行

著者――遠藤周作
編集人・発行人――阿蘇品 蔵
発行所――株式会社青志社
〒一〇七-〇〇五二　東京都港区赤坂五-五-九　赤坂スバルビル六階
（編集・営業）
TEL：〇三-五五七四-八五一一　FAX：〇三-五五七四-八五一二
http://www.seishisha.co.jp/

印刷・製本――中央精版印刷株式会社

ISBN 978-4-86590-055-2 C0095

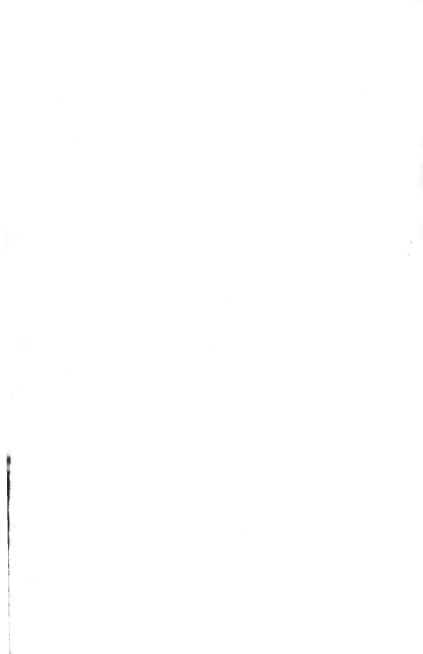